曽根原ツタ
ill. 雲屋ゆきお
処刑された悪女は、
大国で皇妃の座を掴む
～毒杯を飲み干したあとに、やり直しの物語がはじまりました～

「ごきげんよう。天から降りてきました、あなたの女神です」
ウェスタレア・ルジェーン
王女の陰謀によりルムゼア王国で薬殺刑を言い渡された次期王妃候補。解毒薬で死を免れ、今度は隣の大国で「コルダータ」という新たな名で皇妃を目指すことに。
本来の自分を隠して静かに生きてきたが、実際は勝気で傍若無人。

「それは冗談のつもりか？」
レオナルド・オレンシア
アルチティス皇国の新皇太子。綺麗な顔立ちだが、いつも冷めた表情ている。責任感はあるが自己肯定感は低い。外遊の帰りに、ウェスタレアと出会い次期皇帝の証してある耳飾りを奪われる。
お互い最悪の出会いと印象だったものの、その後はなにかとウェスタレアのことを気にかけている。

「どう？　花道から――奈落の底に突き落とされた気分は」
「――最高の気分よ」
リリー・ネーゼロア
ルムゼア王国の王女。普段は猫を被っていて、愛想はいいが底意地が悪い。次期王妃だったウェスタレアのことを妬み、彼女を死罪に追いやった張本人。
「あなたは今日より、私のたったひとりの騎士です」
ペイジュ
元女剣闘士で奴隷だったときに、ウェスタレアに護衛として買われる。

「あなた、どこからいらっしゃったの？ご実家は？」
エリザベート・レイン
アルチティス皇国の筆頭公爵家レイン家がひとり娘。皇妃選定の最有力者でもある。
「前王妃の勢力を敵に回しても、ウェスタレアが名前をもう一度取り戻せるように力を尽くすつもりだ」
フィリックス・ネーゼロア
ルムゼア王国の王太子にしてウェスタレアの元婚約者。彼女の潔白を証明するため秘密裏に動いている。

レオはおもむろに、
それをひとつひとつ花瓶に戻していった。
今度はウェスタレアが
もう一度ピアノの鍵盤を弾く。
細い指が音を奏でるのを見て、
彼は花瓶に百合の花を戻し
終わったあとに手を取った。
「小さな手だ。
こんなにか弱い手で、
皇妃の座を掴もうと
しているのか。お前は」

「そうよ。必ず、掴んでみせる」

CONTENTS

処刑された悪女は、大国で皇妃の座を掴む

～毒杯を飲み干したあとに、やり直しの物語がはじまりました～

曽根原ツタ

ill.雲屋ゆきお

第1章　物語のスタートは悪女が毒杯を飲み干してから

小さなころから、王妃になることに憧れていた。精緻を極めたドレスを身にまとい、多くの騎士や召使いを付き従え、誰よりも気高く凛《りん》と佇《たたず》む。

その知恵で国王を献身的に支え、民衆に慈愛を注ぎ、人々から敬愛される——そんな王妃になってみたかった。

ウェスタレアだけではなく、少女なら一度は夢に見るだろう。

実際に次期王妃に選ばれたときは、夢が叶《かな》うのだと嬉《うれ》しかった。だが、いざ王太子の婚約者になってみると、煌《きら》めく生活などは待っておらず、徹底的な妃《きさき》教育という名目で……離宮に閉じ込められてしまうのだった。

身の回りの世話をする者と教育を施す者を除き、あらゆる人との交流を絶たれていたが、たった一度だけ、歳の変わらない少年が離宮に迷い込んで来たことがあった。

ウェスタレアは気まぐれに彼と短い時間を過ごした。もう十年近く昔のことだが、今も覚えている。

妃教育に追われる窮屈な日々の中で、あんな風に楽しいと思えた時間は滅多になかったから。

「私は……素敵な王妃になることを夢に見てる。……今のままでは、生きていて誰の役にも立っていない感じがするの。それがとても辛《つら》い。耐えがたいくらいに」

ウェスタレアはなぜか、初めて会ったはずの彼に気を許し、誰にも打ち明けられなかった本音を吐露した。

「その努力は、やがて何かの形で実を結ぶ。君はよい王妃なれるだろう。ずっと――応援している」

彼がくれたこの言葉が、心にすっと響いた。

ずっとひとりぼっちだったから、家族以外の誰かに応援してもらえたのは初めてのことで。夢である王妃になるために孤独に耐え、弱音ひとつ吐かず、ひたむきに努力していたウェスタレアにとって、どんなに励みになったか分からない。

いつか立派な王妃になり再び会えたら、お礼が言いたいと思っていたが、もはやその願いが叶うことはないだろう。

これまでの努力が実を結ぶことはない。叩《たた》かれ、踏みつけられ、枯れていくだけ。なぜなら自分は無実の罪で裁かれ、王妃の座に就く前に殺されるのだから……。

◇◇◇

（……あの少年は、今どんな大人になっているのかしら）

懐かしい記憶に思いを馳《は》せるが、死刑執行人の声で意識が現実に引き戻される。

「ただ今より、罪人ウェスタレア・ルジェーンの死刑を執行する！」

公爵令嬢ウェスタレアは、王女リリー暗殺未遂の罪で薬殺刑が言い渡された。それが三日前のこ

とで、あれよあれよという間に処刑台に立たされている。実際には冤罪《えんざい》だったが、無実を主張しても受け入れられなかった。

（随分とせっかちね。……よほど私のことが疎ましいみたい）

王都の中央広場。石畳の一段高くなった場所で、手を縛られ兵士二人に拘束されている。王女を殺そうとした悪女の公開処刑を見ようと、広場は平日の昼間にもかかわらず大勢の野次馬でごった返しになっている。処刑台に上がるまで、民衆からは罵声と石が飛んできた。

「――この悪女が！」

「さっさと死んでしまえ！」

罪人を貶《おとし》めることへの快感、愉悦に浸る彼らの表情を見て、頭から爪先まで嫌悪感が流れる。

（……私はただ、あなたたちにふさわしい王妃になるために努めていただけなのに）

観衆に紛れて元婚約者であり王太子のフィリックスただひとりが、同情するような表情でこちらを見ていた。すれ違いざまに、何かを話しかけようと口を開閉させたが、そこから言葉が紡がれることはなかった。

彼は名ばかりの王太子で、権力に弱く、主体性がない男だった。ウェスタレアの断罪とともに、婚約関係は解消されている。

街路には酒を売る屋台が軒を連ね、お祭り騒ぎだった。人々は押し合い圧《へ》し合いしながら、死刑執行の瞬間を見届けようとしている。

観衆を掻《か》き分けて最前列に飛び出したひとりの野次馬の男が、ウェスタレアの姿を目にして

「おぉ……」と感嘆の息を漏らす。

白い服に絹の靴下を履くだけの簡素な装いでありながら、見る者を圧倒するオーラは少しも損なわれていない。

ウェーブのかかった真っ赤な長い髪に、目尻がきりっと跳ね上がる切れ長の紫色の瞳。ふっくらとした唇は血色がよく、派手で華やかな印象を与える。

ウェスタレア・ルジェーンは――『隠された令嬢』だった。

というのも、幼いころから王宮の離れに閉じ込められ、俗世間から切り離された状態で、妃教育を施されていたから。

ルムゼア王国において、国王は複数の妃を娶《めと》ることが認められている。国王の正妃は最初、王妃の称号が与えられ、国王が他の妃を迎えた場合は新たに王后の称号へと変わる。

今のこの国では、前国王の二番目の妃だった前王妃デルフィーヌが絶大な権力を誇っている。彼女は、ウェスタレアが王妃になることに反感を抱いた。というのも、デルフィーヌは娘のリリーを国王の正妃に据えたかったからだ。

前国王の娘であるリリーなら不可能な話ではなかった。貴族社会では近親婚が盛んに行われており、叔姪婚《しゅくてつこん》もその例外ではないから。

しかし王家は、デルフィーヌとその生家ウィンド公爵家に外戚権力を握らせて権力を拡大させないために、勢力が小さく王家への影響力がない公爵家の娘ウェスタレアを次期王妃に抜擢《ばってき》した。

ウェスタレアが王妃になり、更に国王が別の妃を迎えた場合には、慣例に従ってウェスタレアに王后の称号が与えられ、それ以降は何番目の王妃と呼ばれる。

つまり、ウェスタレアがいる限り、リリーは――一番になれないということ。デルフィーヌはそれが気に入らなかった。そして彼女は権力を使い、妃教育という名目で離宮に幽閉するという嫌がらせを強行したのである。前王妃はウェスタレアが早々に根を上げて、王妃候補を辞退すると考えていたが、ウェスタレアは予想外の粘り強さを見せた。

ウェスタレアが初めて公の場に姿をお披露目するのは成人を迎えたときを予定しており、その姿を見た者は王宮関係者以外にいなかった。

正体が分からないからこそ、世間では臆測だけの噂《うわさ》が広がっていた。

性格は最悪。派手好き、男好き、享楽好きで、領民の血税を使って贅沢三昧《ぜいたくざんまい》し、男娼《だんしょう》を部屋に連れ込んで遊んでいるとか。おまけに癇癪《かんしゃく》持ちで、気に入らないことがあると使用人たちに怒鳴り散らし、時には暴力を振るうとまで言われている。そして今回、王女暗殺の罪で極刑に至った。

（悪い噂は全て嘘《うそ》。でっち上げよ。……私はあの女に――はめられた）

これらの醜聞は、王女リリーが前王妃を使って広めさせたものだった。

ウェスタレアは多くのことを諦めて犠牲にし、妃になるために全てを捧《ささ》げてきた。隔離教育という前王妃からの腹いせにも耐え、将来国母になるのにふさわしくなろうと頑張っていたのだ。そんなウェスタレアにとって、リリーは唯一の友達だった。信頼していた。けれど彼女の方は少しもそんな風に思っていなかったらしい。

なぜなら、リリー自身も王妃の座を狙っていたから。彼女はウェスタレアから王太子の婚約者という立場を奪うために常に権謀術数に耽《ふけ》り、実行に移していたのである。

リリーを信用していたウェスタレアは、自分が裏切られていることにも気づかずにいつの間にか嫌われ者になっていった。

彼女は、自分だけはウェスタレアの味方のようなフリをしていたのに、前王妃を使ってウェスタレアの悪い噂をあちこちで吹聴させ、遂には自身が目の前で毒杯を仰《あお》ぎ――毒を盛った罪をウェスタレアに着せた。毒を飲んだあと、したり顔で「全ては計画だった」と打ち明けられた。リリーは絶大な権力を誇る前王妃の娘であり、周りからの信頼も厚かったため、彼女の証言ひとつでウェスタレアは有罪が確定した。

リリーが摂取した毒は少量だったため数日寝込んだ程度だったが、ウェスタレアは大逆罪という汚名を背負うことに。

目の前に毒杯が用意される。リリーが自ら飲んだものと同じ毒だが、これは致死量だ。彼女が飲んだのと同じ毒で、ウェスタレアを懲らしめようというのだろう。

（この色と見た目……。やはりアギサクラギね。種子を一定量摂取したあと、痙攣《けいれん》、腹痛、呼吸困難、全身の痺《しび》れが生じ――最後には臓器不全によって死に至る）

アギサクラギは大陸東部に生息する常緑高木。種子に臓器の機能に障害を与える毒性分を含み、この国では手に入らない珍しい物だ。

（こんな毒、リリーはどこで手に入れたのかしら）

落ち着いた様子で毒を観察するウェスタレア。前王妃に敵視され、いつ命を狙われてもおかしくない状況だったため、万が一に備え、毒薬の知識を身につけて自身の武器にしていたのである。……離宮に迷い込んだあの少年にきっかけを与えられて。

観衆からわっと歓声が上がる。耳障りな歓声の奥に、石畳を蹴るヒールの音が聞こえてきた。

「王女様……！　行ってはなりません！　あんな罪人、放っておけばいいでしょう⁉」

「嫌……っ。ウェスはわたくしの大切なお友達なのっ！　裏切られたのは辛いけど、わたくしが彼女を想う気持ちは変わらないわ。最期に話をさせて！」

侍女や護衛騎士の制止を聞かず駆け寄ってきたのは――リリーだった。自分を殺そうとした相手を哀れみ、死に目に立ち会おうとする彼女に、周りは「なんてお優しいんだ」と感動している。

……とんだ茶番だと思いつつ、涙を流しながら目の前に立ったリリーをふっと鼻で笑う。

「演技がお上手ね」

「――それはどうも」

その瞬間、リリーの顔から表情が消える。ウェスタレアが飲むための毒杯を取り上げ、底冷えするような眼差しでこちらを見下ろしてから、顔を近づけて耳元で囁《ささや》く。

「ようやく邪魔者が消えて――せいせいするわ」

「…………」

ようやく素を出したなと内心で思う。

顔を離した彼女は、すぅと目を細めた。それは、いつもの花が咲くような笑顔ではなく、背筋が冷たくなるような笑顔で。優しく、清廉だと思っていた彼女は幻想に過ぎなかったと否応《いやおう》もなく知らしめられる。

「ずっと目障りだったの。いつも澄ました顔をしてるあなたが。でもいい気味。あなたのこんな惨めな姿を拝めるなんて。どう？　花道から——奈落の底に突き落とされた気分は」

リリーの唇に、氷のような嘲笑が浮かぶ。後ろで結ばれた手を解《と》かれたウェスタレアは一切動揺せず、酒でも飲むかのように優雅な仕草で、リリーから奪った毒杯を口元に運んでいく。

「——最高の気分よ」

「なっ……⁉」

予想外すぎる回答に、リリーはぎょっとした。

ウェスタレアは余裕たっぷりに微笑《ほほえ》んだまま毒杯を——飲み干した。

すぐに毒が効いてきて、苦痛とともに意識が薄れていく。口から血を流し、かすむ視界が最後に捉えたのは——リリーの顔だった。

親友に裏切られ、地位も名誉も失い、頑張ってきたことが全部水の泡になった。おまけに悪女として死刑なんて……。こんな滅多にない経験をさせてくれて、むしろリリーには感謝してもいいくらいだ。

最後にかけた皮肉の言葉のおかげで、面白い表情が見れて満足だ。

（落ちるだけ落ちたらあとはそう……奈落の底から上に這《は》い上がっていくだけ。よく焼き付けておくわ。——あなたの顔）

ウェスタレアはしばしの苦悶《くもん》の末に、意識を手放した。

世紀の悪女の壮絶な最期に、観衆たちはひと際大きな歓声を上げたのだった。

しかしリリーだけは、死の間際なのに妙に落ち着いたウェスタレアの様子に違和感を感じていた。

◇◇◇

「おぉ……これだけあれば相当な額になるぞ」

男の呟《つぶや》きとともに、手持ちランプの灯《あか》りが瞼《まぶた》を刺激して目を覚ます。けれど目は閉じたまま様子を窺《うかが》う。なぜなら今、ウェスタレアは――死人という設定だから。

（どうやらうまくいったようね）

ウェスタレアがほっと安堵《あんど》する脇で、男ががさがさと棺《ひつぎ》の中を漁《あお》っている。彼は俗に言う『盗掘《とうくつ》人』だ。墓を荒らして一緒に埋葬された遺品を盗んで売ったり、死体そのものを盗んで解剖用に研究者に提供する不謹慎な人たち。

ウェスタレアは王女を殺そうとした悪人として薬殺刑に処され埋葬された。誰ひとりとして、彼女が生きているとは思っていないだろう。

しかし、実際には死んではおらず――仮死状態だった。ウェスタレアは処刑執行前に解毒薬を舌の裏に隠しており、毒と一緒に喉に流し込んだのだ。

完璧な死を装うために舌を噛《か》み、血を流す演出をしたので傷口がずきずきと痛む。

（リリーの失態は、私の首を落とさなかったことね）

斬首刑より苦しんで死なせるために、薬殺刑をわざわざ選んだのは、リリーの意思なのか、それ以外の誰かの意向なのかは分からない。だがそれがウェスタレアを生かすことになったのだ。解毒薬を手に入れたことが看守にバレることもなく、処刑前に口内をチェックされなかったのも幸運だった。

すっと手を伸ばし、棺の中を漁っている盗掘人の手首に触れた。本人に気づかれないように、お気に入りの指輪を押し当て、親指で宝石の台座を右に回し、仕込んである麻酔針を打ち込む。

ウェスタレアは敵がいる王宮で生き抜くため、護身用に毒薬の勉強をしていた。そして、毒を仕込んだ隠し武器を身体のあちこちに隠し持って過ごしており、この指輪もそのうちのひとつだった。

「――くっ」

ばたりと棺の上に倒れ込む盗掘人。ウェスタレアは男の身体を退《ど》かして半身を起こし、すぅと目を細めた。

「盗掘中に眠ってしまうなんて、無用心な泥棒さんだこと」

棺には、ウェスタレアを囲うように大量の宝飾品が収められている。嫌味なくらいにきらきらと輝く高価な代物の数々は、どうぞお好きに墓を荒らしてくださいと言わんばかりだ。

（巡回が来る前に、ここを離れなくては）

盗掘対策として、警備隊が夜の見回りに来ることがあり、万が一遭遇したら、生きていることがバレてしまう。

昏睡《こんすい》している盗掘人から皮袋を取り上げ、棺に詰められている宝飾品を詰め込んだ。遺体と宝飾品の紛失は、盗掘人の仕業とみなされるだろう。まさか本人が目を覚まして逃げ出したとは誰も思わないはずだから。足元の盗掘人の手に、一番高そうなネックレスを握らせる。彼がウェスタレアの墓に目をつけて掘り起こしてくれなければ、土の中で窒息死していただろう。

「あなたへのささやかな報酬よ。感謝しているわ、ご苦労さま」

命の恩人への報酬としては少なすぎるくらいだが、庶民は一生暮らせる金額になる。……もっとも、夜警に見つからなければ、の話だが。

男の耳元にそう囁きかけ、悠然とその場を離れた。

墓から抜け出して、人目につかない細道を進んでいく。頭上には夜明け前の青藍色の空が広がる。遠くに見える朝日が今日はやけに眩《まぶ》しく感じた。

これから馬車に乗って国の外へ行く。向かう先は、ウェスタレアがいるルムゼア王国より領土も国力も大きな大陸一の国家、アルチティス皇国だ。その目的はひとつ。新しく即位した皇太子の妃を決める選定に参加するため。アルチティス皇国で厳しい選定で選ばれた妃は、国中の女性たちの憧憬の的になる。

リリーは、自分が誰よりも優位に立っていたい質《たち》なのだろう。ウェスタレアの地位を強硬手段で奪うほど。

（あなたがこの国の王妃になるのなら、私はそれを上回る権力を手に入れ、潔白も証明する。それが私の復讐《ふくしゅう》よ。リリー、私はどんな手を使ってでも、全てを成し遂げてみせるわ！）

絹の靴下で湿った地面を踏み歩き、拳をぎゅうと握り締める。

王妃になることを目指し、離宮に幽閉されながらも必死に励んできたのに、人並みの幸せを経験することなく全てを失った自分。

こんな仕打ちは納得できない。ウェスタレアだって、好きなドレスを着て舞踏会で踊ったり、友人を作ったり、国政に貢献したり、多くの民と関わったりしてみたかったのに。まだ、何もできていない。誰にも必要とされず、誰の役にも立っていない。頑張ってきたことが何ひとつとして活かされていない。

もう一度失ったものを手に入れ、全ての願いを叶えるためにアルチティス皇国に行こうと、地下牢《ろう》に閉じ込められていたときに決めていた。

アルチティス皇国では、特殊な方法で皇妃が決められる。対象になるのは――国中の全ての女性。

アルチティス皇国の国籍さえ持っていれば、年齢も、家柄も、経歴も問われない。

ただ、選定は何段階もあり、知力、美貌、人柄にその他の能力……全てにおいて最も優れた女性が皇妃の座に据えられるのだ。

道の脇に小川を見つけたウェスタレアは、川に髪を浸した。サフラワーから自分で作っていた赤い薬液が洗い流され、元の白銀の色を取り戻す。

ウェスタレアは生まれつき白銀の髪をしていた。ルムゼア王国において――白銀の髪は『老い』の象徴とされるので、いつも染めていたのだ。

周囲に認知された悪女とは違う、本来の姿を取り戻す。

ウェスタレアは隠された令嬢だったので、本来の姿を知るのは家族を含めたごく少数だけだ。もっとも、家族は権力欲はあってもウェスタレアへの愛情がある人たちではなかったのだが。

（ウェスタレア・ルジェーンは死んだ。もうその名を名乗ることはできない）

周りの思い通りにされるだけの、何もできない無力な人間でいるはやめよう。

大人しくて規律正しい令嬢ウェスタレアはもうどこにもいない。これからは、自分らしく、立場を気にせずに好きなように生きていくのだ。

ふと辺りを見渡せば、川の岸辺にドクダミの花が咲いている。王宮にも咲いていたが、臭い匂いと強い繁殖力のせいで、いつも引っこ抜かれて隅に積み重なっていたのを思い出す。

毒性はないのに『ドク』なんて名前がつけられて除草されるドクダミと、悪女と呼ばれ排除された自分が重なる。花弁の色まで、自身の髪と一緒だ。ウェスタレアはふっと乾いた笑みを零《こぼ》した。

「……私の名前はコルダータ。捨てられた惨めな女にぴったり」

コルダータはドクダミの学名だ。

リリーは百合《ゆり》という意味があり、名前の通り蝶《ちょう》よ花よともてはやされてきた。ウェスタレアの名前には藤の花という意味が込められていたが、頭上でひっそりと咲く藤の花をわざわざ見上げて愛《め》でてくれる人はいなかった。

雑草の名前を持つ女が皇妃になったら、最高の皮肉になるだろう。雑草だって、野に咲く可憐《かれん》な百合の花よりも見事に輝けることを証明してやろうではないか。

（失ったものは自分の力で全て取り戻す。勝った気でいられるのは今だけよ、リリー）

ウェスタレアは立ち上がり、川の向こうを見据える。

これは、悪女として処刑されたウェスタレアが、身分も名前も全て失ってからやり直して、大陸一の巨大な皇国の皇妃を目指す話。

物語は、悪女が毒杯を飲み干してからが――始まりだ。

◇◇◇

日が昇ったあと、ウェスタレアは市街地に行った。所持していた宝石を質屋でほんの一部売り払い、手に入れた金で適当な服を買う。

暗い色のローブにフードを被《かぶ》れば、平凡な旅人といった風貌になる。白銀の髪は珍しくて目立つので、束ねてフードの中にしまった。

乗合馬車に乗り、地図を開く。印をつけながらウェスタレアは思案した。

(ここから、ここを通って……)

アルチティス皇国までは、ウェスタレアが今いる王都からだと、スリドという王国を越えなければならない。

入国手続きには身分証を含めたいくつかの書類が必要となるが、偽造には時間がかかりすぎるので却下だ。皇妃選定まで時間がないから。

となると、国境の検問が厳しい場所を避けて、山や川といった自然が境界線になるところをこっそり通過することになるが、そうすると到着までざっと三週間はかかる見込みだ。

皇太子が即位したのは半年前。皇妃選定が始まるのは二ヶ月後。入国後の諸々《もろもろ》の手続きも考えるとぎりぎり間に合うかどうかといったところ。

ルムゼア王国とアルチティス皇国では母語が異なる。アルチティス語は多くの国で公用語になっているので、ウェスタレアも一応学んできたが、入国前に完璧にしなければならない。

皇妃選定の一次選考は筆記試験。庶民の間で識字率が低いため、大抵は教育を受けられる環境下にある貴族の令嬢が残る。また、結果は順位付けされるため、上位に入れば皇族の印象に残りやすいだろう。

(移動の間にやることが沢山あるわ。勉強はもちろんだけど……協力者が欲しい。せめてひとりは)

そして、一次選考を通過して先に進むと、侍女を伴わなければならない場面がくる。侍女の有能さは、主の能力を測る要素になるため重要だ。

(皇妃の侍女を選ぶのだもの。精神的にも、肉体的にも、強い人が望ましい)

能力はもちろん、ウェスタレアの事情にもある程度理解がある者でなければならない。

それに、新しい場所で初めて暮らしていくには、ウェスタレアは世間を知らなさすぎるし、家事能力もない。ウェスタレアの足りない部分を補えるサポーターが必要だった。

どこで侍女となる人員を確保しようかと考えながら、馬車の外に視線を向けた。

◇◇◇

二週間後。ウェスタレアは、アルチティス皇国と母国の間にぽつんと挟まる位置にあるスリド王国にいた。この国は紛争が多く、治安が悪い。

「そこの薬草をいただけるかしら」

立ち寄った薬屋で、棚に並ぶ薬草を指差す。すると店主が顔をしかめた。

「そちらは非常に強い薬効がある葉でございます。正しく使えば良薬に、使い方を誤れば危険な毒薬になるのですよ。一体何に使うおつもりか分かりませんが、知識のない方にお譲りする訳には……」

「…………」

ウェスタレアは小さく息を吐く。

「その植物……赤い果実は、神経を麻痺《まひ》させる危険な作用があります。一方で、葉の方は解熱、鎮痛効果があり、死期が近い病人の薬として使われる。適切な量を使用すれば、何も問題ありません」

「は、はい。その通りです。よくご存知で」

「実は、父が医師をしていて買い出しを頼まれて参りました。……痛みで苦しんでいる終末期の患者さんがいて。だから少しでも早く楽にしてあげるために必要なんです……っ」

リリー顔負けの演技ぶりで、同情を買うようにしおらしげに訴えるウェスタレア。

「あ、ああ。お医者様のご息女でしたら安心です。特に説明も要りませんね」

調合して毒として使うつもりです、とは口が裂けても言えなかった。薬草を買って店を出たあと、店主が首を傾《かし》げる。

「はて、この小さい町に医者なんかいなかったはずだが……」

こうして、途中で見つけた店で、毒薬と隠し武器の材料を買っていった。護身具の制作をしつつ、ただの旅人のフリをしてアルチティス皇国に向かう。


店を出たあと、通りかかった商人の荷馬車に乗せてもらった。商売用に仕入れた雑貨の木箱が積まれた半蓋の荷馬車で、冷たい風で体を冷やさないように、大判のブランケットにくるまって寒さを凌《しの》ぐ。

「この町の人たちはなんというか……覇気がないですね」

閑散とした街道を眺める。時おり往来する人は揃《そろ》ってみすぼらしい服を着て、暗い顔をしている。街路に並ぶ建物は荒廃していて。寂しげな街の様子が気になり、思わず御者の男に話しかけた。

「ここはちっと前に紛争があった地域だからなぁ。今は犯罪が横行している。人身売買とかな。お嬢ちゃんも気をつけた方がいい。あんたみたいに――見目がいい女は狙われる」

「……ご忠告どうも」

ウェスタレアは顔を隠すように、さっとフードを目深に被った。そして、懐に隠し持ったお手製の毒針を服の上から撫《な》でる。――すると、その直後。

「――助けてっ！」

「わっ……!?」

（何⁉　人……⁉）

徐行する馬車の荷台に、ひとりの娘が転がるように飛び乗ってきた。服はかなり汚れていて、所々に血が滲んでいる。そして、両手を鎖が垂れ下がる手錠で拘束されていた。

がたがたと小刻みに身体を震わせる彼女。

（……ひどい怯《おび》え方）

彼女は瞳に涙を浮かべながら、懇願するように言った。

「追われてるの。かくまって……っ」

必死に言葉を絞り出すような掠《かす》れた声。娘の並々ならない様子を見て、ウェスタレアは黙って頷《うなず》き、ブランケットの中に彼女を隠した。まもなく、遠くから追っ手の男が数人走ってきた。ウェスタレアは落ち着いた様子で、娘を隠した上に本を広げた。

男たちはきょろきょろと辺りを見渡している。

「早く探せ！　まだそう遠くへは行っていないはずだ！」

ウェスタレアは察した。彼らは奴隷商人で、逃亡した商品を探しているのだと。一瞬男たちと目が合ったが、ウェスタレアが余裕たっぷりに微笑みかければ、彼らはうっとりと彼女の美貌に見蕩《みと》れるだけで、ブランケットの不自然な膨らみには気づかなかった。

「――出して」

小声で御者の男に指示すると、馬が加速し始めた。娘はウェスタレアの膝元でがたがたと震えている。ブランケットの上から宥《なだ》めるように手を添えた。

荒れた市街を抜けたところで、娘に囁きかける。

「もう大丈夫よ。追っ手は来ない」

「本当……？」

彼女はブランケットからひょっこりと顔を覗《のぞ》かせた。くりっとした瞳をしていて童顔だが、年齢はウェスタレアより少し上のようだ。

「ええ」

「良かった……」

安堵してはぁと息を吐く彼女。そこで御者がこちらを振り返って言った。

「おいおい、こりゃとんでもないもん拾っちまったんじゃねーか!? そいつぁ恐らく、人身売買組織の奴隷だろう。バレたら俺の首まで飛んじまう！」

「お願いします、あの人たちに引き渡さないでください……っ。後生です、どうかお願いします。お願いします……っ」

ウェスタレアは御者をぎろっと睨《にら》みつけた。

「ちょっと。この子の不安を煽《あお》るようなことは言わないで！ 怯えてる」

「わっ、悪かった！」

彼は気まずそうに頭を掻《か》いた。けれど、奴隷を連れ出したことはかなり問題だ。明るみになったら脱走の協力者として報復を受けることになる。

（どうしたものかしらね）

娘は頑丈な手錠の鎖を引きちぎろうと身じろぎ、金属が擦《こす》れる音ががちゃがちゃと響く。娘の力で引きちぎれるような代物ではないのに。けれど、逃げ出した奴隷であることが丸わかりなこの手錠が取れなくては、彼女に本当の意味での自由はない。

「手錠を少し見せてちょうだい」

「は、はい……？」

「鍵がついているわね」

「……この鍵は、組織の偉い人にしか外せないんです。でもお願い、あそこには戻さないで……っ」

「分かっているわ。ちょっとじっとしていて」

手錠の鍵はシンプルな構造になっていた。ウェスタレアはブランケットを留めていたクリップを外し、積み重なった荷物の箱の底に先端を差し込む。片手で箱を上からぐっと押さえ、クリップを上に持ち上げるようにして曲げる。それから、直角に曲がったクリップをかざした。

娘と御者の男は、ウェスタレアは何をし始めたのだろうかと顔を見合わせる。

続いてフードを脱ぎ、髪を束ねていた髪留めを外し、中から針金を取り出す。白銀の長髪が解けて風に揺られるのを見て、娘は美しさに息を飲んだ。

まっすぐ伸びた針金を、直角に曲げたクリップと一緒に鍵穴に差し込む。内部を傷つけないように片側をねじって、針金とクリップが正しい位置になるように微調整を重ねる。

（――ここだわ）

錠の中のピンと差し込んだクリップ、針金がぴったり適合したところで、くるりと回す。

――ガチャリ。解錠ができた。

「すごい……。クリップと髪留めで鍵が開くなんて……」

「鮮やかな手口でしょう?」

「えっと……」

まるで手練《てだ》れの泥棒のような言い方に、ぽかんとする娘。冗談を言い慣れていないせいで困らせてしまい、こちらまで少し気まずくなる。

「……じ、冗談よ。そんな困った顔しないでちょうだい」

使い終わったクリップと針金をポケットにしまい、汚れた娘の手首を清潔なハンカチで拭き、ブランケットをそっとかけてやる。

「詳しい事情を教えてくれる?」

「はい。……お察しの通り、私は――奴隷として攫《さら》われたんです」

娘は異国の下級貴族の娘で、あるとき旅行でスリド王国に来ていた。街に買い物に出かけたら、付き添いの者とはぐれてしまったらしい。

そこで、道を案内してくれるという親切そうな男に付いて行ったところ――奴隷商人だったという訳だ。

(うーん。世間知らずなお嬢様って怖いわね。知らない人に付いて行ってはならないことくらい、子どもでも知っているのに)

――と、ルムゼア王国を代表する世間知らずなお嬢様、ウェスタレアは思った。

　彼女には故郷に帰るのに十分な金を持たせてやる。女性ひとりでの移動は危険だろうと、市場で手に入る材料から作ったペンの形の毒針も渡す。筒の中に麻酔液が入っている。

「これは……ペン、ですか？」

「ただのペンではないわ。ちょっとした細工がしてあって、蓋を外して先端の針を人体に押し当てると、毒が投薬されるようになってるの」

「毒……」

「万が一のときはこれを使いなさい。非力な女でも身を守ることができるから」

　一体どんな症状があるのですかと恐る恐る聞いてくる彼女に、「体がしばらく痺れる薬よ」と返す。致死性はないが、相手の動きを封じるには十分な効果を発揮する。

「どうして毒にお詳しいんですか？」

「昔、ある人に教えてもらったの。美しい花は毒を持つことで身を守ると」

「……？」

　ウェスタレアの言葉の意味が分からず、首を傾げる彼女。

　ちなみにピッキングについては以前、毒針の武器を作るために本を読み漁っていたころにやり方を読んだことがあり、一度試してみたいと思っていたのだ。

「おじさん。私はここで降りるわ。この子をできるだけ故郷に近いところまで送ってあげて」

「はあ⁉　厄介事は俺に押し付けようってか？　そりゃないぜ」

「奴隷商人も暇ではないから、たかがひとりの脱走者のために追っては来ないわ。それに彼女を縛る鎖は外れている」

　ウェスタレアは、外した手錠を御者の鼻先にかざした。

　しかし、彼は不満そうにわしゃわしゃと頭を掻いて不服そうに「勘弁してくれよ」とボヤいている。

「ならこれでどう?」

「！」

　今度は、針金を抜いた髪留めを目の前にちらつかせる。高そうな宝石が埋め込まれている髪留めを報酬に交渉すると、彼は「人使いが荒いお嬢ちゃんだ」と不満げに言いつつそれを受け取った。

「あの……助けていただいた上にお金まで恵んでいただいて、なんとお礼を言っていいものか……」

「当たり前のことをしただけよ」

「いえ、そんなことはありません。いつかこのお礼は必ずいたします……!」

「その気持ちだけで十分よ。いつか困っている人がいたら、その人に手を差し伸べてあげて。――ああそうだ、あのおじさんが万が一、報酬だけもらってあなたを目的地まで送らなかったら、こっちの毒針を刺してやりなさい」

　すでに渡した護身具とは別の毒針を渡す。

「こ、これはなんの毒……ですか?」

　ウェスタレアは馬車の近くに生えていた花を摘み取り、毒針から一滴の毒を垂らす。すると毒に触れた花はみるみる枯れていく。娘と御者の男は蒼白《そうはく》になりながら顔を見合わせた。

「――とてもとても恐ろしい毒、よ。この毒をわずかでも摂取したら最後……」

花を枯らした毒だが、人間に対しては大した効果はない。しばらく、排尿と排便が止まらなくなるだけで。ウェスタレアが脅かすような表情で言い、男がひっと悲鳴を漏らした。「だ、大丈夫。そう疑わなくたって、報酬はもらってるんだ。ちゃんと送り届けるよ」男がそう話したところで、再び娘に笑顔を向ける。

「それじゃ、お元気で」

「待って……！　私はライラって言います。あの、名前を……！」

ウェスタレアはふっと目を細めた。

「コルダータ。姓はないの。今はまだ――ただのコルダータよ」

馬車を降りたあと、近くの宿屋を探す。予定では今日はもう少し移動して、四つ先の街に泊まるはずだったが――急遽《きゅうきょ》変更だ。

脱走した娘の話によると、奴隷商には愛玩用の見目の美しい女から、農奴にするための屈強な男まで揃っているらしい。

（奴隷商……。興味が湧いたわ。そこに行けば、条件に合うものが手に入るかもしれない）

好奇心が膨らみ、彼女の血色のよい唇が扇の弧を描いた。

日が暮れ始めて、周囲のあらゆるものがオレンジ色に染まっていく。ウェスタレアは宿場町の人混みに消えた。

翌日からしばらく、奴隷商について調査を行った。どうやら毎週金曜日の夜に、円形闘技場の地下で売買が行われているらしい。

週末の夜。ウェスタレアは宿屋の一室で毒針の補充をしていた。備え付けの机の上に、乳鉢や乳棒、ビーカーなどの調剤道具が広がっている。そして、いくつかの分厚い本が積み重なっていた。

乳鉢の中のすり潰《つぶ》された毒の粉を、ペン状の容器の中に溶媒と一緒に流し込んでいく。容器の蓋をしっかり閉めたら、護身用の隠し武器の完成だ。

「――よし、できた」

隠し武器を机に置いて、椅子から立ち上がった。

ウェスタレアが泊まっている部屋はツインで、二人分の寝台が並んでいる。今はひとつしか使っていないが、今夜はもうひとり増えるかもしれないので、目につく場所はさっと片付ける。

クローゼットを開けて、外着のかかったハンガーを引っ張り出し、今着ているルームウェアを脱ぐ。

ウェスタレアのしなやかな肌を、窓から差し込む光が照らした。室内なのでゆったりした格好をしていたが、着替え直し、外套《がいとう》を羽織ってフードを深く被る。支度を済ませてから、部屋を出た。


その後、ウェスタレアは、円形闘技場に向かった。――仮面を付け顔を隠した状態で。

裏口で数人の係員が、入場許可証の確認を行っている。入るには会員になる必要があるが、ウェスタレアは非会員だ。

「会員証の提示をお願いいたします」

「ないわ。でも代わりに――これを」

さっとお気に入りの指輪を外して、身分の証しに手渡す。麻酔針が出る仕掛けつきの指輪は、隠された令嬢時代から身につけていたもので、ルムゼア王家の紋章が刻まれている。

係員は家紋を確認して、ウェスタレアを資格ありと認めて中に通してくれた。

（王家の紋章に全く驚きもしなかった。……慣れているのね）

ここに奴隷を買いに、相当の上流階級が訪れるのだろう。もしかしたら、ウェスタレアのように他国の王族も来るのかもしれないと、係員の全く動じない反応を見て考えた。

奴隷が収容されている地下に案内される。石造りの壁はじっとりと湿っており、また鼻を刺すような異臭が漂っていて、どこもかしこも汚れている。

（なんて劣悪な環境……。とても人間が過ごすような場所ではないわ）

ウェスタレアはハンカチで鼻と口を押さえ、顔をしかめた。

「どういった奴隷をお望みですか？」

「心身ともに屈強な女性を。女性の剣闘士はいる？」

ウェスタレアがここに来た目的。それは、皇妃選定を受けていく上での付き人を探すためだ。

「ええもちろん。ではこちらに」

売人の男は顎をしゃくり、奥へと促した。檻《おり》の中で鎖に繋《つな》がれた奴隷たちは、こちらを憎らしそうに睨みつけていた。まとわりつくような憎悪を感じながら、最奥の檻の前に着いた。

鉄格子越しに、ひとりの奴隷と目が合う。稲穂のような金髪に、藍色の瞳をした――美青年がそこにいた。随分と落ち着きがあり、冷めた顔をしていた。

「彼は男じゃない。私は女性が欲しいと言ったのよ」

「いえいえ。その者は男のような見目をしておりますが、れっきとした女ですよ」

売人がへらへらと薄ら笑いで説明する。ペイジュという名の彼女は、上の円形闘技場で度々命懸けの戦いをしてきたという。――見せ物として。

相手は人や猛獣だったりと様々で、殺し合いが行われるのは民衆の娯楽目的だ。そこで彼女は、たったの一度も負けたことがないという最強の闘技士だった。

すぐに買われていきそうな強く美しい彼女がなぜずっと売れ残っているかというと、最初の購入者の命令にろくに従わずに歯向かってばかりで、遂には全治数ヶ月の大怪我《けが》を負わせ、再びこの地下に戻された。それ以来、怖がって誰も彼女を買おうとはしなかったという。

「今度はレディーが私を買ってくれるのか？　これはまた随分とお目が高い」

爽やかな声が耳に届く。ウェスタレアは鉄格子に顔を近づけた。

（主人に大怪我を負わせる――ね）

ウェスタレアが欲しいのは、絶対の忠誠を誓う仲間。

「主人の言うことを聞けないようなら連れて行くことはできないわ」

「美しいものには毒があるっていうだろ？　――全部可愛がってよ。ご主人様？」

艶やかな笑顔を浮かべて、からかうように言う彼女。ウェスタレアは淡々とした口調で尋ねる。

「なぜ主人に手を出したの？」

「……あの男がゲス野郎だったからさ」

元主人は横暴な貴族の男で、妻を度々恫喝《どうかつ》し、暴力を振るっていた。ペイジュが仕えている間も暴力はひどくなっていった。男が妻の髪を切り落とし、酒瓶で顔を殴りつけたとき、とうとう堪忍袋の緒が切れた彼女は、妻を庇《かば》って、男を殴り飛ばした。

「よくやったわ。あなたは間違ってない。それにしても大したタマね。逆らえば、どんなひどい目に遭うかも分からないのに。命があってよかったわね」

「たとえこの薄汚い地下に戻ることになろうと、殺されようと、忠義を尽くす相手は自分で決めるさ」

「…………」

ウェスタレアにはそんな気概がなかった。ずっと、理不尽に離宮に閉じ込められても抗議の言葉ひとつ言わず、大人しく従っていた。国を捨てる覚悟があれば、もっと違う未来があっただろうか。

（忠義を尽くす相手は自分で決める……か。昔の自分に言ってあげたいわね）

祖国の民は誰もウェスタレアのことを憂いてくれなかった。それどころか最後には、睨《ね》めつけ、責め立て、早く死ねと叫んできた。ウェスタレアはただ、民衆を守る良い王妃になろうと努力していただけなのに。

「…………」

「急に黙って、どうかした？」

「……いいえ、何でもない。聞きたいことがいくつかあるわ。あなた、家事はできる？」

「人並みには」

「戦闘能力と体力は？」

「ご紹介に与った通り、この地下なら一番強いんじゃないかな。体力は……そうだな。君を抱きかかえたまま街を一周できると思うよ」

「最後にひとつ。あなたは私に――命を懸けて仕えることができる？　それが誓えるなら、ここから出してあげる」

鉄格子に顔を近づけて、仮面を上にずらすウェスタレア。

出会ったばかりの相手に、命を賭して仕えろというのは、勝手な話だろう。どんな反応が返ってくるかと思えば、彼女は余裕たっぷりに笑った。

「ああ、いいよ。でもいつか、お嬢さんが仕えるに値する相手じゃないと判断したときは――」

「私に歯向かう？　前の主人にしたように」

「そうしなくて済むように、うまく扱ってくれることを願うよ」

三日月のような笑みを湛《たた》える唇。そして、挑発じみた眼差しを向けられる。

（肝が据わってる。……気に入った）

厳しい貴族社会に引き込むなら、このくらい度胸があり生意気なくらいが丁度いい。

毒薬も使い方次第で良薬になるし、ウェスタレアは毒を扱うことには慣れている。

売人の方を振り返って告げた。

「採用よ。――彼女にするわ。このまま連れて帰りたいのだけれど、いくら？」

ウェスタレアが開いたアタッシュケースには、ぎっしりと札束が詰まっている。ペイジュと売人は、一体この若い娘は何者なのかと目を合わせた。さすがはこの美貌と、最強の闘技士なだけあり、売人から提示されたのは、一般の奴隷の相場と比べ法外な金額だった。けれどウェスタレアはその場で支払い、檻を開けさせた。

「——早くここを出なさい。ペイジュ」

闘技場からペイジュを連れ出したあと。彼女とともに宿屋に戻り、まずは汚れた身体を清めさせた。身体中泥まみれで汚れていたが、洗うと元の美しい姿を取り戻した。

寝台に座らせて、怪我をしているところを、ひとつひとつ丁寧に手当てしていく。大気に素肌が晒《さら》された半身は、筋肉があって鍛えられているが、やはり女性らしく滑らかだった。

（全身傷痕だらけ……）

傷痕は、古いものから新しいもの、深いものから浅いものまで、様々だった。まだできたばかりの腕の傷に指で軟膏《なんこう》を塗って、包帯を巻いてやる。

「痛いわよね。染みたら教えてちょうだい」

「このくらい問題ない。手当てなんかしなくたってそのうち治る」

「そうはいかないわ。野生の動物じゃあるまいし。化膿《かのう》しないように処置をしておかないと。さ、終わりよ。服を着ていいから」

「…………」

シャツを羽織ったペイジュは、何か物言いたげに薬を片付けるこちらの様子を見ていた。

「どうしたの？　まだ他に怪我がある？　きゃっ……!?」

　そっと尋ねると、彼女の手が伸びてきた。ペイジュは薬の入れ物を取り上げてこちらの腕を掴み、強引に座らせる。すると彼女は入れ物の蓋を開け、軟膏を指につけてウェスタレアの指の怪我に塗り込んだ。毒針の護身具を作る際、深く切ってしまったのを放置していたのだ。傷口に薬が染みて顔をしかめる。

「痛っ……」

「世話焼きなのは結構ですけど、自分はどうなんです？　このくらい我慢してくださいね。私は我慢したんですから」

　包帯で傷口を覆ってくれるペイジュを見つめながら、「優しいのね」と呟くと、彼女は顔を上げて小さく息を吐いた。

「それは君の方だろう」


　それから洋服屋に行き、適当な服を買う。動きやすいからという彼女自身の希望で、ワイシャツにスラックス、ベストといった男性用の服を着せると、まさに麗しの貴公子といった感じの風貌になった。

「体調はどう？　長いことあんなにひどい場所にいたのだもの。一度お医者様に診《み》ていただいた方がいいかもね」

「平気さ。どこも悪くない」

「何か食べたいものはある？　喉は乾いていない？　欲しいものがあれば遠慮なく言いなさい」

「………」

街道の途中で、ペイジュは立ち止まった。それに随分と真剣な顔をしていて。

「――親切すぎじゃないか？　私は奴隷だ」

「元奴隷よ。私はあなたを買ったけれど、前の買い手とは違う。あなたを不当に扱うことはしないし、成果に見合った報酬も与える。あなたにはいずれ、皇妃の侍女としての地位をあげるわ」

皇妃の侍女は女性なら誰しも憧れる花形の仕事だ。これから協力してもらうなら、そのくらいの見返りを与えるのは当然だろう。一方のペイジュは目を瞬かせている。

「皇妃……？」

ウェスタレアは彼女をまっすぐに見据えて告げた。

「――私はいずれ、アルチティス皇国の皇妃になり、全てを手に入れて権力の頂点に君臨するの。だから、協力者として心身ともに強いあなたを選んだ」

「アルチティス皇国では特殊な選考方法で、国中の乙女の中から妃が決められると聞くが、君になれるのか？　どれだけ狭き門か分からないよ」

「なれるなれないではない。――なるの」

ペイジュが地下から地上の光を望んだように、ウェスタレアはどん底から、失ったものを全て取り戻したいと願っている。

屈辱を味わったからには、あとは這い上がるだけ。もっともっと――高みを目指して。

ウェスタレアの表情から強い信念を汲《く》み取ったペイジュは、その瞳の奥を揺らした。

その場に跪《ひざまず》く彼女。そして、前髪の隙間から覗く鋭く真剣な眼差しに射抜かれた。

「実を言うと、私はある没落した騎士家の出身なんです。訳あって奴隷という身分に堕《お》ちましたが、子どものころから鍛錬を重ね……騎士になることを夢に見て参りました」

「そう。あなたが望むのは侍女ではなく騎士ということね？」

「……願いが叶うのなら」

ウェスタレアは少し待ちなさいと声をかけ、頭を低くさせたままの彼女を置いて、付近を歩き回る。近くに転がっている木の枝を拾ってきて、剣に見立てて彼女の肩を叩いた。これは刀礼と言い、騎士を叙任する際の作法である。

「その願い、聞き届けましょう。あなたは今日より、私のたったひとりの騎士です」

「――我が命を捧げ、あなたの敵を打つ矛となり、御身を守る盾となることを改めてここに……誓います」

胸に手を当てて宣誓を口にする彼女は、女でも見惚《みほ》れてしまうくらい綺麗《きれい》だった。

「それで？　私はまず何をすれば？」

彼女は優秀な女剣闘士。闘うことを生業《なりわい》としてきた女性だ。ペイジュは最初に主人がどんな恐ろしいことを命じるのだろうと、試すような目線を送ってくる。

しかし、ウェスタレアはふふと柔らかく微笑み、指を上げた。

「あの壁を一緒によじ登ってもらうわ」

「――は？」

すっと指差した先にあるのは、アルチティス皇国とスリド王国の国境である――壁。

突拍子もない頼みに、彼女はまた目を瞬かせた。

第2章 最悪な出会い

「最初に協力させられるのが、まさか不法入国とはね。我が主《あるじ》は、無謀なお方だ」

「いいから黙って着いてきなさい」

ある夜。スリド王国とアルチティス皇国の境にある高い壁を、二人はロープを使いながら登っていた。ペイジュは最下層の身分階級の奴隷、ウェスタレアは死んだはずの悪女。普通の手段で国境を越えられるはずがなかった。

ここは昔、分裂した二つの民族の戦いが起きた場所で、そのときに建設された境界の壁が、今もなお国境として残っている。

「夜警に見つかったらどうするんです？」

「そのときは一緒に仲良く牢獄《ろうごく》行きね」

「そんな無茶な」

「牢獄のシェフの得意料理は何かしら」

「シェフなんかいる訳ないじゃないですか」

現在この辺りに人里はなく、森が広がっているだけ。国境の警備も手薄になっているが、万が一見つかったら確実に投獄される。もっともウェスタレアは、正体がバレたら母国に強制送還され、大騒ぎになることだろう。

（身分証の偽造には時間とお金がかかる。正式な手段で国境を越えている時間はない。となると残る手段は――強行突破のみ）

ウェスタレアは額に汗を滲《にじ》ませながら、ロープで壁を登る。皇妃選定の一次選考の日が刻々と迫っている。アルチティス皇国に着いても、やらなければいけないことが山積みだから、急がなくてはならない。

アルチティス皇国では規定額の不動産を購入すれば国籍が手に入る。ウェスタレアのような保証人のいない異国人が国籍を買うには、際どい手順をいくつか踏まなければならないが。

「――さ、お手を。足元に気をつけて」

「ありがとう」

先に壁の頂上に着いたペイジュが手を差し伸べる。その手を握り返せば、上まで軽々と引き上げてくれた。

壁の上から、アルチティス皇国の街灯がきらきらと輝きを放つ皇都が見える。皇都の中央に佇《たたず》むルシャンテ宮殿。熟練の職人たちが技術と注ぎ、財を尽くして建てたこの国一番の建築物。あの場所こそが栄華の中心だ。政務が行われ、皇族が居住している。

（なんて美しい宮殿……。ルムゼア王国の王宮の倍くらい大きいわ）

「私は絶対に……あそこに行きたい」

まっすぐに宮殿を眺めるウェスタレア。夜の風が彼女のフードを脱がし、長い髪を揺らす。月明かりに照らされた髪は、光を帯びて神秘的になる。

「……主はなぜ、皇妃に固執する？」

ペイジュの問いに、ウェスタレアはすっと目を細めた。

「見て。皇都は眩《まぶ》しいくらいに街灯が光っているわ。けれど、皇都から外側に行けば行くほど、どんどん明かりがなくなっていく。これはどういうことか分かる？」

「貧富に差がある……ということですか」

「ええ。そして、弱い者から搾取し、私腹を肥やすような貴族が大勢いるの。彼らを統率し、皆を豊かにするには力が必要になる」

ウェスタレアは貧しさこそ経験したことはないものの、自分の欲を満たすために、他を踏み台にしようとする愚かな権力者をその目で見てきた。

（私のような権力の犠牲者を、出してはいけない）

罪のない民衆を守り、平和な秩序の構築に貢献するのが、皇妃の役目。

ウェスタレアは王妃になるための規範を徹底的に身につけながら、王妃になりたいという情熱も膨らませていた。失った地位を取り戻すことは、リリーへの復讐《ふくしゅう》であるのと同時に、自分の夢でもある。

「権力者がどこかで横暴を働いているかもしれないのに、見て見ぬふりをすることはできない。――なんていうのも、理由のひとつ」

黙ってこちらを見ているペイジュに、「ちょっと真面目すぎたわね」と柔らかく微笑《ほほえ》みかける。

「高尚な動機を並べることはできるけど、もっと正直に言えば、私はただ純粋に皇妃になりたい。大勢の人の役に立ちたいし、必要とされたい。……小さなころからの夢だったの。女の子は誰でも一度はお姫様に憧れるものでしょう？」

「はは、主にもそのような乙女らしい心がおありで？」

「失礼ね。私は結構、乙女よ」

ペイジュはウェスタレアと冗談を交わして笑い、反対側の壁を降り始めた。

ウェスタレアは少し降りたところで右足をずるっと滑らせた。その拍子に、ロープから手を離してしまう。

「きゃっ――」

「主！」

ペイジュが手を伸ばすが、ウェスタレアの鼻先を掠《かす》めるだけだった。身体に浮遊感を感じ、下に落下していく。

足元に気をつけろと散々忠告されていたのに、迂闊《うかつ》だった。視界に満天の星空が映る。まだ皇妃になるまでの道は始まったばかりなのに、こんなところで終わってしまうのだろうか。

（空を飛んだの、生まれて初めて……）

一周回って冷静になってしまったウェスタレアは、夜空を眺めながらそんなことを思う。綺麗《きれい》な空を眺める心の余裕もなく過ごしていた離宮での日々が走馬灯のように蘇《よみがえ》り、そっと目を閉じた。

しかし、ウェスタレアの身体には予想していたような衝撃は全くなく、代わりに逞《たくま》しい男の人の腕が抱き止めていた。

「空から人が降ってくるとは。つくづく人生は何が起こるか分からないものだな」

低く爽やかな声がして、はっと目を開けると、そこには綺麗な男性の顔があった。

（なんて、妖艶な……）

夜の空を吸い込んだような艶のある漆黒の髪に、深みのある緑の瞳。

シャープな輪郭に、完璧に整ったパーツがバランスよく配置されている。耳には不思議な紋様が小さく刻まれたロングピアスが輝いていた。

彼の切れ上がった瞳がこちらを射抜いている。目が合った瞬間、なぜか互いに目を逸《そ》らせなくなり、しばらく見つめ合う。けれどウェスタレアが先に、はっと我に返った。

（まずい……きっと巡回中の夜警に違いない……！）

助けてもらえたのはいいが、まさか巡回している人と遭遇してしまうなんて、運がいいのか悪いのか分からない。どう言い訳をしようか思いを巡らせ、こうなったら一か八かだと愛想笑いを浮かべた。

「ごきげんよう。天から降りてきました、あなたの女神です」

「それは冗談のつもりか？」

「本気です」

警戒していた彼だが、ふっと気を緩めて冷めた表情でこちらを見つめた。

「そうか頭がおかしいんだな。……全く。不法入国の言い訳ならもっとマシなものを考えろ。どこの国の難民だ？　正直に言えば罰も軽くな――」

冗談を言った狙いは彼の気を緩めるためだった。一瞬の隙ができたのを見逃さず、ウェスタレアはにこりと温和な笑みを浮かべたまま、胸元から毒針を取り出して、彼の首筋に差した。――プスッと、なんの躊躇《ちゅうちょ》もなく。

「お前、何を……」

がくんと膝を突く彼。腕から開放されたウェスタレアはフードを目深に被《かぶ》り直し、彼を上から見下ろして目を細めた。

「毒――か？」

「死にはしないわ。ただ、少しの間身体が痺《しび》れるだけよ」

使用済みの毒針を懐にしまい直す。指輪以外にも毒針を身体のあちこちにしのばせているのは、こういうときのためだ。毒の種類も様々で、彼に使ったのは、会話はできるが身体が痺れて一定時間動けなくなるというもの。使用済みの針を布で包む。

「そんなものを持ち歩いているなんて、世の中には物騒な女がいたものだ」

「ある人の受け売りで、毒薬で身を守ることにしているのよ」

「そんなことを教える人間もまともではないな」

「教える人間『も』？」

「安心しろ。お前はすでに手遅れだ」

男は痺れて動かなくなりながら、嫌味を零《こぼ》した。

まもなく、茂みの奥から音がして、ペイジュが二人の気絶した男の襟を掴《つか》み、引きずりながらやって来た。

「良かった。無事でしたか」

「そっちも無事みたいね。その人たちは？」

「夜警……かな？　見つかる前に絞めといたけどどうする？　埋める？」

気絶した男二人を見て、ロングピアスの男が顔をしかめた。

「待て。その者たちは俺の部下だ」

彼は部下を引き渡してほしいと交渉してきた。けれど、ただで引き渡す訳にはいかない。不法入国を見逃すことを約束させた上で、更に馬を差し出すことを要求する。

「はっ、まるで盗賊だな」

「あなた、そんなことを言える立場だとお思いで？」

「俺はお前を助けた」

「助けてほしいなんて頼んでない」

男の言葉をぴしゃりと跳ね除《の》ける。持ち物を物色すると、高そうなものばかり持っていて、かなり裕福なようだった。更に、彼の耳に輝くとりわけ高価そうなロングピアスに目をつける。左耳に手を伸ばし、金具を外した。宝石が嵌《は》め込まれた飾りの裏側に刻まれた精緻な紋様に、首を傾《かし》げる。

「この紋様は？」

「――返せ。それだけは譲る訳にはいかない。大切なものなんだ。お前のことは決して口外しないと誓う」

「信用できないわ」

彼の必死な訴えを、感情なくばっさりと切り捨てる。

ウェスタレアは最も信頼していた親友に裏切られた。人の言葉を簡単には信じないし、同じ轍《てつ》は踏まない。奪い取ったロングピアスを右耳に着けて冷たく告げる。

「そう……これはとても大切なものなのね。なら、あなたが信用に足る相手だと判断したら、そのときに返してあげる。――私は皇妃になるの。だから邪魔をしないで」

ペイジュに声をかけてそのままくるりと背を向けた。男が乗ってきたであろう良い馬を二頭借りて山を降りた。皇妃になるためなら、手段を選んではいられない。少しだけ良心の呵責《かしゃく》に苛《さいな》まれ、ウェスタレアは肩を竦《すく》めた。

（……これでは本物の悪女ね。いいえ、願いを叶《かな》えるためなら、悪女にでもなってやるわ）

そのくらいの覚悟でなければ、危険を冒してまでアルチティス皇国に来た意味がないだろう。

馬にまたがるウェスタレアの右耳で、ちらちらと装飾が揺れる。この奪い取った耳飾りが、あの男の高貴な素性を示す重要なものだとは、夢にも思わないウェスタレアだった。――このときはまだ。

◆◆◆

残された男は小さく息を吐き、ひと言呟《つぶや》いた。

「……悪魔のような女だ」

何が『天から降りてきた女神』だ。ふざけたことを言うな。女神だなんてとんでもないではないか。外遊の帰り、ルシャンテ宮殿に向かって国境沿いを馬で移動していたら――空から娘が降ってきた。アルチティス皇国皇太子、レオナルド・オレンシアは咄嗟《とっさ》に、彼女を抱き留めていた。レオナルドの腕の中で顔を上げたのは、可憐《かれん》な娘だった。ウェーブのかかった絹のような銀髪に紫色の瞳。年齢はまだ十代後半だろう。

人生の中で、女性に見蕩《みと》れたのは――二度目だ。彼女の凛《りん》とした眼差しに見つめられ、どこか懐かしい感覚に心が揺さぶられるのを感じた。

しかし彼女は可憐な見た目に反して凶暴で驕慢《きょうまん》、最悪な女であった。助けてやった恩人に毒針を突き刺し――次期皇帝の証しである耳飾りを強奪していった。一見何の変哲もないただの耳飾りだが、裏側に小さく紋様が彫られている。紋様はレオナルドの紋章で、それひとつで軍隊を動かすことも可能な代物。悪用されたら大変なことになる。

加えて、彼女の連れはレオナルドの部下二人を昏倒《こんとう》させて登場した。皇太子の部下を倒すとは、あの男のような見た目の女は相当な手練《てだれ》だ。

「お前たち。いい加減起きろ」

「ん……？　ここは……」

「国境沿いの森だ」

娘たちが馬を奪って逃げてから二時間ほどして、ようやく部下たちが目を覚ました。レオナルドの身体の痺れも治まっている。

「一体……我々に何が……」

二人は自分たちの身に何が起きたのか理解していないようだった。耳飾りという弱みを握られている以上、不法入国者のことを打ち明ける訳にはいかない。レオナルドは眉間を指で押さえてため息を吐《つ》く。

「長旅の疲労で倒れたんだろう。今夜はここで野営をする」

「は、はい。――殿下」

二人同時に気絶した理由としてはいささか無理があり、部下は若干不審がっているものの、皇太子の言葉を否定することはできない。皇太子の言葉は、どんなものであれ真実になるから。

レオナルドは、去り際あの娘が言っていた発言を思い出した。悪魔のような女にしてはまっすぐすぎる表情で、私は皇妃になるのと言っていた。

（あのじゃじゃ馬娘が――俺の妻に？　ふざけるな。彼女が皇妃になった日には真っ先に国が滅びる）

まぁ、心配せずとも彼女のような思慮の浅そうな女が皇妃に選ばれることはないだろう。なぜなら皇国皇妃の椅子は、国中の女たちが争い合い、たったひとりしか座れないのだから。素質がなければ、早々に弾《はじ》かれる。

それに、最終選考は皇太子であるレオナルドも選考に加わる。まかり間違っても彼女には票を入れることはないだろう。

（とにもかくにも、あの娘を探し出して―― 次期皇帝の証しを取り返さなければ。……全く面倒なことになったな）

しかしなぜか、皇妃になるのと言った彼女の切実な眼差しが、レオナルドの頭から離れなかった。

◇◇◇

ウェスタレアとペイジュは、アルチティス皇国に入国した。

アルチティス皇国は、想像していたよりもずっと豊かだった。今、ルムゼア王国は数年に渡る流行病の蔓延《まんえん》で疲弊し切っているが、この国は病もなく、民は健やかで経済状況もよい。ペイジュがいたスリド王国も紛争が頻発して治安が悪く、近隣三国の中で最も安定しているのがこの国と言えるだろう。

街道の脇には、様々な店が軒を連ねている。

「そこの新婚さん！　採れたての野菜が入ってるからどうだい？　美男美女でお似合いだねぇ」

「いえ、私たちは夫婦じゃないですよ」

露店で野菜を叩《たた》き売りする婦人が、軽快な声でウェスタレアとペイジュに話しかける。ウェスタレアは婦人に微笑み言った。

「彼女、女性なんです」

「そうなのかい!? でもまぁ、端正な顔立ちで。女性と知らなかったら危うく惚《ほ》れちまうとこだったよ」

するとペイジュはふっと妖艶な笑みを浮かべ、婦人の方に顔を近づけた。

「別にそのまま――惚れてくださってもいいんですよ?」

「ま、まぁ……」

婦人は頬を紅潮させうっとりとした表情を浮かべた。

また、婦人の横にいる若い娘が、布で鼻から下を隠していることに気づいた。俯《うつむ》きがちで、こちらと一向に目を合わせようとしない。目元が婦人とよく似ているので彼女の娘だろう。

そのとき風が吹いて布がはためき、吹き出物がいくつもできた口元が晒《さら》される。

(なるほど。これを他人に見せたくなかったのね)

彼女は慌てて布を押さえて口元を隠し、恥ずかしそうに言った。

「ごめんなさい。お見苦しいものをお見せして……。体質なんです」

「それ、ドクダミが効くわよ」

「え……?」

「ほら、庭やその辺の道に生えているでしょ? ドクダミは抗炎症効果があって、塗布すると肌の調子を整えてくれるの。簡単だから、よかったら薬液の作り方を教えてあげるわ」

「あ、ありがとうございます……! ぜひお願いしたいです!」

暗かった表情がぱっと明るくなるのを見て、ウェスタレアも嬉《うれ》しくなった。やはり、どんな雑草だって、誰かの役に立ったり輝くことができるのだ。

持ってきた宝飾品を全て売り払い、いくつかの手順を踏んで皇都に不動産を購入した。この国では高額の不動産を買うことで国籍が手に入るので、二人は書類上はアルチティス皇国の人間となった。これで、皇妃選定に参加するための最低限の条件はクリアだ。

二人で住むには広すぎる屋敷。

ダイニングルームでは、緊迫した空気が漂っていた。ソファに腰を降ろし、両手の肘をテーブルに突いて手を組むウェスタレア。その威厳ある佇《たたず》まいに、ペイジュはごくりと息を飲む。

「………」

「………」

手の上に顎を乗せてにこりと微笑み、沈黙を破って告げた。

「ペイジュ。財産が底を尽きて多額の借金ができてしまったわ。今日ご飯を食べるお金もないのだけれどどうしようかしら」

「そんなにこやかな表情で絶望を突き付けないでください！」

自分の墓から持ってきた宝飾品ではこの屋敷を買うのに追いつかず、怪しい金融機関から怪しい方法で怪しい金を借りることになった。それ以前にも、奴隷だったペイジュを引き取るのに大枚を叩《はた》いている。最強の女剣闘士はこの屋敷より高額だった。

ウェスタレアにとって、困窮した状況というのは人生で初めてだ。今までは、欲しいと言ったものは命じるだけでなんでも手に入ったし、働いて金を稼ぐこともしたことがない。しかし、悩んでいても仕方がないことだ。

「どうするんですか？　皇妃うんぬん以前に、二人して飢え死にしますよ」

「そうねぇ。アルバイトでもしてみたらいいんじゃないかしら」

ウェスタレアは呑気《のんき》に微笑みながら、片手に図鑑、もう片手に庭で取れた雑草をおもむろに取り出してテーブルにすっと置く。うねうねとした茎が絡まるように伸びる変な形の植物。

「ほら、この草とか食べられるみたいよ」

「主、それを食べたいと思いますか」

「………」

全く食欲をそそられない見た目の雑草を受け取り、ため息を吐くペイジュ。図鑑に食べられる山菜やきのこが書いてあり、二人であとで摘みにでかけることにした。

「一応伝えておくけれど、私は働いたことはもちろん、料理、洗濯、掃除に至る全ての家事をしたことがないから」

「あなた今まで一体どうやって生きてきたんですか⁉」

にこやかに告げれば、彼女はまた唖然《あぜん》として、どこの箱入り娘かと突っ込む。ご名答。ウェスタレアは大貴族の令嬢で元王妃候補――筋金入りの箱入り娘である。生活力もないし、世間というものを知らない。

「まぁ、色々不安要素はありますけど、難しいことじゃないです。家事なら自分が教えますし、すぐに覚えられますよ」

「ありがとう、ペイジュ」

何はともあれ、二人で持ちつ持たれつやっていくしかないだろう。

かくして、ウェスタレアとペイジュのアルチティス皇国での暮らしが始まった。

二人はさっそく近くの山に出かけた。図鑑を片手に、食べられそうな山菜やきのこを収穫していく。

夕方になって街で求人票をもらってから屋敷に帰ると、ペイジュが手際よく料理を作ってくれた。きのこと山菜の炒《いた》め物に、スープ。調味料もないので、素材本来の味がする。元貴族なだけあって、ペイジュはテーブルマナーが身についていた。手本のような所作でナイフを扱いながら言う。

「全く、想像以上でした。食材が爆発するのは初めて見ましたよ。生活力がない以前の話ですね」

「うっ……」

ウェスタレアが炒めた野菜はことごとくまっ黒焦げになった。なぜか。

物事を始めるときは失敗は付き物なのだと言い返すが、「自分は初めて料理したときも炭にはなりませんでした」と冷たく突き放されてしまった。

勉強でも刺繍《ししゅう》でも楽器でも、なんでもそつなくこなしてはきたが、ここにきて初めて苦手なものを見つけたかもしれない。

「勤め先は、料理関係以外がよろしいかと」

「そうね」

生活していくためには働かなければならない。ペイジュは体力があるので肉体労働をすると言っていたが、自分はどうしよう。

（家庭教師や、通訳の仕事なんかがあればいいのだけれど。あとは、薬の知識が役に立つような仕事）

薬の知識と言っても、毒薬が専門だが。

すると、ペイジュの視線がウェスタレアの右耳のロングピアスに留まる。

「それはお売りにならないんです？　結構高そうに見えますが」

「売らないわ。この耳飾りは、私たちがこの国で安全に過ごせるという証しなの」

あの夜出会った男は、相当これを大事にしているようだった。これを持っている限り、下手なことはしてこないだろう。いくら困窮しているからといって、このピアスを手放す訳にはいかない。

（まぁどうせ、二度と会うことはないでしょうけど）

そっとピアスを手で撫《な》でる。

この国は広い。探し人を見つけるのは、砂の中から針を探すようなものだ。

「それにしても、彼らは何者なんでしょう。かなり上等な身なりをしていましたし、公用語の発音も綺麗でしたね」

「――さぁね。どこか裕福な家のお坊ちゃんなのかも」

今もあの夜のことが脳裏に焼き付いている。深い森を映したような緑の瞳に見つめられた瞬間を。

（なぜだか初めて会ったような気がしなかった。……私は誰との関わりも許されない、『隠された

令嬢』だったのに）

知り合いなど指で数えられるほどしかいないはずなのに、どうしてあの男には懐かしさを感じたのだろうか。

ウェスタレアはペイジュと話しながら、食事を終えた。

夕食後に自室に戻り、机の前に座る。ピアスを外して手元のランプを照らし、じっと観察する。

（この紋様……なんなのかしら）

青い石に刻まれた複雑な紋様。あの男は、必死にこれを返せと訴えていたが、一体なぜあそこまで執着心を見せたのだろうか。細かくてよく見えないので、引き出しからルーペと紙を取り出して、紙に描き写していく。

「なるほど。これは――紋章なのね」

王冠に馬、剣。そして――バラの花が描かれている。バラの花は、このアルチティス皇国の国花に指定されているはず。そして、貴族は、家や身分を示す証しをそれぞれ持っている。爵位によって紋章に使っていい絵柄は決まっているが、王冠、馬、剣にバラの花が、どのレベルの爵位で使用が許可されているのか分からない。

きっとこれは、ただの無意味な柄ではない。彼の身分を示すものだから、必死に取り返そうとしたのだ。彼は人に知られてはならない立場なのだろうか。名のある貴族家の婚外子や庶子という線もある。いずれにしても、この国の貴族の家紋は詳しくないので、調べてみる価値はある。もしかしたら、身分を突き止められるかもしれない。

しばらく思案したあと、紙とルーペを引き出しにしまった。

◇◇◇

皇妃選定一次試験まで残すところ二週間。

ウェスタレアは毎日大忙しだった。食べていくには、働かなければならない。毒を専門とした薬の知識が豊富ということで、薬屋で働くことにした。しかし、その店はいかにも怪しげな外観で、怪しげなくたびれた中年の店主ダニエルが経営し、怪しげな商品を売る店だった。

「アレをくれ、アレを……」

「本日ご予約の方でよろしいですか？」

「そ、そうだ！　早く例のブツを持ってこい……！　いいか？　絶対に中身が見えないように梱包《こんぽう》してくれ！」

「し、承知いたしました」

店を訪れてきたのは、深く帽子を被った怪しげな男性。店に入る前からやたらと周りの目を気にしており、今もそわそわした様子。ウェスタレアは予約のリストを確認し、棚から用意していた薬を取り出す。

「こちらがご予約の商品、発毛ざ――」

「言うな！　わ、分かってるから、言わないでくれ」

用意していたのは、蛇から抽出した油と、複数の薬草を混合して作った発毛剤。これを頭皮に塗ると、新しい髪が生えることを促す効果があると言われている。……気休め程度の効果だが。

「おいあんた。他にも何か発……もごもごに効果的な薬はあるか？」

「頭皮への有効成分があると言われる牡丹《ぼたん》の根とアロエを配合した、飲むお薬があります」

気休め程度の効果しかない、という言葉は喉元で留《とど》める。

「か、買った！　それもいただこう！」

「ありがとうございます」

男は喜んでそれも購入し、店を出ていった。店を出た瞬間、強い風が吹いて帽子が飛ぶと、彼の寂しげな頭部が晒《さら》された。彼が慌てて帽子を被り直し、気まずそうにこちらを振り返ってきたので、何も見ていないフリをして目を伏せる。

この店は、ダニエルがあちこちから仕入れた市場ではなかなか手に入らない珍しい薬ばかりを売っており、一部の客層から人気がある。発毛剤もそうだが、背が高くなる薬、痩せる薬、胸が大きくなる薬など、需要が限られた商品が並んでいる。尚、どの薬も気休め程度の効果しか期待できないものだ。だから街の人たちはこの店の薬を『飲んでも飲まなくても変わらない』と評価する。

彼は昔、皇宮の薬師をしており、その功績から今は名誉薬師となった。優秀であるのは確かだが、好奇心と探究心旺盛な研究オタクだった。店の裏でよく使いどころの分からない薬の研究をしている。ペイジュにはそんな訳の分からないところで働くなと反対されたが、ウェスタレアはこれが結構楽しかった。

帰り支度をしているところに、ダニエルが話しかけてくる。

「コルダータちゃん、今日もご苦労様」

「あの……その大釜、何が入ってるんです？」

「トカゲの尻尾にかえる一匹、猫の爪に、特別な薬を配合したものさ。これで今から惚《ほ》れ薬を作るんだよ」

また妙な薬を作ろうとしている彼は、能天気にへらへらと笑った。

「魔女の秘薬みたいになってますがそれ、誰が買うんです？　……ってこの薬、発火性がありますけど」

床に転がる薬の瓶を拾い上げて呟く。すると、釜の中の緑色の液体がぼんっと爆発し、店主の髪と髭《ひげ》が焦げてチリチリになった。ウェスタレアは呆《あき》れたように目を細めた。

「………これは成功ってことでいいのかな？」

「紛《まご》うことなき失敗ですね」

こんな感じで、面白いアルバイト生活を送っている。

母国ルムゼア王国より、アルチティスは経済的にも文化的にもずっと豊かで、人々も優しかった。暮らしていくうちに、この国が好きになった。

アルバイトの帰り、ウェスタレアは疲れ切った身体を引きずるように帰路に就いた。夕方の陽の光が、建物や石畳をオレンジ色に染めている。

「おかえりコルダータちゃん。仕事終わりかい？」

「は、はい」

「うちの旦那がひどい腰痛だったんだけど、あの薬屋で買った湿布、珍しく効いたんだよ。ダニエルさんに礼を言っといておくれ」

「分かりました。喜ぶと思います」

（珍しく……）

まるで、いつもは全然効かないみたいな口ぶりだ。ウェスタレアは行く先々で声をかけられた。

この国の人たちは気さくで、見知らぬ異国人にも親切にしてくれる。長らく世間から隔絶され、恨まれ、そして捨てられたウェスタレアにとって、人の温かみを感じるのは初めてのことだった。

服屋のショーウィンドウに張り紙が貼られているのを見て立ち止まった。大きな紙に、『皇妃選定』と書かれている。

「ねー、その紙にはなんて書いてあるのー？」

貼り紙を見つめていると、小さな女の子が声をかけてきた。女の子は母親に手を繋《つな》がれている。

「これはね、皇妃選定と書いてあるの。この国のお妃《きさき》さまを決める試験が、これから行われるということよ」

「じゃーお姉さんもお妃さまになりたいの？」

「……え、ええ」

「すごーい！　頑張ってね！」

「………」

母親に手を引かれて、去っていく少女。

少し視線を上げると、丘の上にルシャンテ宮殿が見える。あそこに行きたい。栄華の中心に行き、失ったものを取り戻したい。

（やっぱり私……皇妃になりたい。あんなに大きな宮殿から眺める街の景色は……どれほど綺麗なのかしら）

大勢の立候補者からたったひとりまで勝ち抜くのが、どれだけ難しいことかは理解している。何かに挑戦するのは怖くて、不安なこと。失敗して辛《つら》い目に遭うかもしれない。けれど、ウェスタレアの皇妃への憧れの気持ちは、膨れ上がるばかりだった。何もせずにじっとなんてしていられない。裏切られても挫《くじ》けないし、辛くても諦める気はない。


屋敷に帰ると、エントランスまで夕食を作る匂いが漂ってきた。荷物を置いて厨房《ちゅうぼう》に行けば、ペイジュがスープを煮込んでいた。

「ただいま」

「おかえりなさい、主」

爽やかに微笑む彼女。ペイジュは荷運びの仕事をしており、ウェスタレアよりずっと疲れていてもおかしくはないはずなのに、少しも疲労を感じさせない。さすがは闘技場で戦っていただけある。

「何か手伝えることはある？」

「えっ……あ、うん……。何もしないでくれ。それが主のできる最善だ」

「失礼な人。まるで私が手伝うのは迷惑みたいな言い方ね」

「私だって、鍋が爆発するのをもう見たくないですよ」

「……ぐぅ」

「ぐぅの音は出るんですか」

　痛いところを突かれて顔をしかめる。実を言うと、ウェスタレアは何度も料理を爆発させて、真っ黒な物体を誕生させている。最初は大目に見てくれていたペイジュだが、遂には愛想を尽かされてしまい、料理禁止に。

　ウェスタレアはむっと頬を膨らませて、鞄《かばん》の中を漁《あさ》って料理本を取り出した。これは今日、仕事帰りに買ってきたものだ。料理本を彼女の鼻先に突きつける。

「はは、それで勉強するって？」

「ええ。一流のシェフが舌を巻くような料理を作って、あなたをぎゃふんと言わせてやるんだから。覚えておきなさい」

「へぇ……」

　彼女はふっと笑い、こちらの顔を覗《のぞ》き込んで意地悪に口角を上げた。

「ふ。それは期待してます」

「……！」

かっと頬を赤くして目を逸らすウェスタレア。

（絶対に馬鹿にしてる……！）

ウェスタレアは本をテーブルの上に置いて、ペイジュの背後に立ち、両肩に手を置いた。

「わっ、急に何です⁉」

「お仕事で重い荷物を沢山運んで、肩が凝っているでしょう？　揉《も》んであげようと思って――」

「ふっ、あははっ、くすぐったい！　やめてください主……っ。ははっ、今料理してるんですから
もう……！　馬鹿にしたことは謝りますから！」

いつの間にか仲良くなっていた元奴隷と死んだはずの悪女。

二人はそうしてじゃれ合いながら、賑《にぎ》やかな夜を過ごすのだった。

◇◇◇

皇妃選定一次まで一週間。

ここまで勉強もしてきたし、あとは体調管理に気をつけて本番に挑むだけだ。

しかしここで、思わぬ事件が。アルバイトを終えて、いつものように夕焼けに染まる街を歩いていたら、突然後ろから声を掛けられた。

「――見つけた」

「！」

はっとして振り返ると、入国の夜に国境の壁で会った例の男が立っていた。ローブを着て姿を隠しているが、フードから覗く緑の瞳は確かに――あの日見たものだ。今日は部下を連れていない。

この広い皇国で見つかる可能性など無いに等しいと思っていたのに。ウェスタレアが目を皿のように見開くと、彼は優雅に微笑んだ。

「久しぶりだな。不法入――んぐ」

「ちょっと。周りに人がいるでしょう⁉」

「――っ」

『不法入国者』と言いかけた彼の口元を咄嗟《とっさ》に両手で塞ぐ。彼はびっくりして目を見開いた。

ウェスタレアも手のひらに触れる唇の感触に気づき、わずかに紅潮しながら手を引っ込めた。勝手に異性の唇に触れるのは、礼儀のない行為だ。彼も気まずそうに目を伏せる。

もう触れていないはずなのに、手のひらに唇の柔らかな感触と熱が残っていた。

「どうしてここに？」

「ここは――皇都だからな。当然俺がいる」

「まるでご自分の庭のような口ぶりね。質問の答えになっていないわ」

「……たまたま寄っただけだ」

彼はウェスタレアの右耳に垂れているピアスに気づく。伸びてくる手を、すっと身を翻して避《よ》けた。また彼が手を伸ばしてくるので、後ろに下がって躱《かわ》す。何度かの攻防の後、耳を手で押さえながらキッと睨《にら》みつけた。

「――渡さないわよ」

このピアスは、この男にウェスタレアの秘密を守らせるための交渉道具だから。あの夜、彼のことを信用できると判断できたら返すと約束したはずだ。まぁ、ウェスタレアには返す気など毛頭ないのだが。懐に手を入れ、毒針を持っていることをアピールすると、彼は呆れたように息を吐いた。ピアスを奪い返すのを諦めて、代わりにウェスタレアが片手で抱えていた本の山を取り上げる。

「あっ――」

「皇妃選定の直前に、随分と呑気なものだな。諦めて料理人でも目指す気か？」

本のタイトルは、『はじめての料理』、『猿でもできる！　料理の基本』、『究極の入門レシピ』と、初心者向けの料理本が積み重なっている。

「まさか。勉強はしているわ。こっちは趣味よ」

男から本を奪い返し、ふんと鼻を鳴らす。本を一旦地面に置いて、鞄の中から紙袋を出して渡した。これは昨日ウェスタレアが焼いたクッキーで、アルバイト先の店主ダニエルと客に渡した余りである。彼は紙袋の中を確認して眉をひそめる。

「……これは？」

「クッキーよ。勤め先で配った残り」

「これがクッキーな訳ないだろう。どう見ても炭だ」

「なんですって……？」

曇りのない真剣な顔で言われ、ウェスタレアの額に怒筋《どすじ》が浮かぶ。

「なら、食べて確かめてみなさいよ。味はちゃんとクッキーなんだから。ほら！」

「ん……んぐ⁉」

紙袋の中からクッキーをひとつ摘《つま》み、男の口内に強引に押し込む。彼は真っ青になり、えずきそうになりながら口を片手で押さえた。

「うっ……」

「ちょ、ちょっと急にどうしたのよ……？　顔が真っ青よ。具合が悪いの？」

心配して顔を覗き込むと、彼は眉間に縦じわを刻んでこちらを見下ろした。

「こんな毒物を食わせるからだろう。お前……それを配り歩いたのか？　正気とは思えない。人が死ぬぞ」

「毒物……」

「料理の勉強はやめろ。お前には向いていない。国法を唱えながら逆立ちして街を一周する方がまだ現実的だ」

「なっ……⁉」

ペイジュにも料理は向いていないと再三言われている。刺繍も絵も楽器も勉強もなんでも得意なのに、なぜか料理はうまくいかないのだ。でも、元来負けず嫌いなウェスタレアは諦めずに料理に励んでいる。

「お前が考えているより、皇妃選定は甘くない。一次選考は国中の女から百人に絞られるんだぞ」

「実際にはそこまで倍率は高くないわ。この国の識字率は都市でさえも五割程度。その中で妃に通用する教育を受けているのは富裕層のみよ」

　国中の女性から妃を選ぶ。一見公平で、誰にでもチャンスがあるように見えるが、結局最終候補に残るのは貴族家出身の令嬢ばかり。

「文字が読めない人に試験を受けさせたって、貴重な紙が無駄になるだけだと思うわ。皇室もこんな生産性のないことをいつまで続けるのかしらね。別のところにお金を使えばいいのに。頭が悪いのかしら」

「…………」

　彼はなぜか自分が責められたように渋面を浮かべた。ウェスタレアには、ルムゼア王国で妃教育を受け培ってきたアドバンテージがある。それは、アルチティス皇国でも通用するはずだ。

「――私は落ちないわ」

　自信たっぷりに答えれば、彼はふっと笑い口角を上げた。

「では、お前がどこまで生き残るか楽しみに待っていよう。せいぜい頑張るといい。……じゃじゃ馬姫？」

「じゃじゃ……っ⁉　変な呼び方をしないで。私はコルダータよ。あなたの名は？　何者なの？　あの日国境の近くにいた理由は？　それに、この耳飾りにこだわるのはなぜ？」

「俺は――レオだ。ではまた会おう」

　ウェスタレアの質問をほとんど無視して、男は踵《きびす》を返した。

「待って、まだ話は終わって――って、いない……」

彼の背中に手を伸ばして引き留めようとする。あのピアスの柄は紋章なのか、一体何者なのか。聞きたいことがあって追いかけようとするが、人混みに紛れてあっという間に視界から消えていた。

（また会おうって……。私は二度と会いたくないから！）

第3章　皇妃選定のはじまり

一次選考当日。ウェスタレアはペイジュを連れて地方の会場に来ていた。会場は若い娘で溢《あふ》れ返っている。

「ねぇあの人、すごくかっこいい。見て？」

「本当だ。王子様みたい。話しかけてみる？」

ペイジュは娘たちの視線を集めていた。出会ったときから思っていたが、彼女はかなりの男前だ。金髪に藍色の瞳、すらりとした長身、整った顔立ちに——爽やかな笑顔。女の子の憧れがぎゅっと詰められている。

「あのぅ、お名前をお聞きしてもいいですか？　遠くから見てかっこいいなって思って……」

「はは、ありがとう。私はペイジュ。私も君たちみたいな可愛いお嬢さんたちに声をかけてもらえて嬉《うれ》しいよ。一次選考、頑張ってね」

「きゃー！　はい！　絶対合格してみせます！」

娘が次から次へと話しかけに来て、ペイジュも愛嬌《あいきょう》を振り撒《ま》いていた。彼女はいちいち説明するのが面倒なのか、女だと打ち明けずに男として接していた。

（ライバルを応援してどうするのよライバルを）

内心で突っ込みつつ彼女に言う。

「随分と人気者なのね？」

「はは、これは参った。でもあそこにも人気者が」

「彼女は……」

エントランスに集まっている娘たちをざわつかせる、ひとりの令嬢。明らかに他の娘たちと雰囲気が違う。高級なドレスを着て、侍女と騎士を何人も付き従え、優雅に佇《たたず》んでいた。

「エリザベート様を生で拝見できるなんて、運がいいわ……！」

「なんて可憐《かれん》で美しいのかしら。さすが――国一番の皇妃候補ね」

ひそひそと噂話《うわさばなし》をする声に耳を傾ければ、彼女は筆頭公爵家レイン家がひとり娘、エリザベートだと分かった。

レイン家は皇家の傍流でもあり、国内において権勢を振るっている。表向きには栄華を極めた大貴族だが、権力のために手段を選ばないため、『悪の貴族』と密《ひそ》かに囁《ささや》く者もいる。

エリザベートは頭脳明晰《めいせき》で容姿端麗。社交界では時流の中心で、幼いころから――国一番の皇妃候補と言われてきた。

（国一番の皇妃候補とは……大層な肩書きね）

ふと、エリザベートと目線が合う。今のウェスタレアにとって、相手は遥《はる》かに格上なので、敬意を示すように深くお辞儀をする。すると、かつかつとヒールの靴音が近づいてきて、顔を上げるように命じられる。

「――あなた、名前は？」

「コルダータ・ツィニアと申します」

エリザベートはウェスタレアのことをじっくりと見つめたあと、にこっと微笑《ほほえ》んだ。

「あなた、とても美人ね。それに所作が綺麗《きれい》だわ」

「……恐縮です」

「驚かせてしまったかしら。魅力的な方がいると思って、つい話しかけてしまいましたの。わたくしはエリザベート。あなた、どこからいらっしゃったの？　ご実家は？」

彼女はウェスタレアの経歴などを根掘り葉掘り確認してきた。しかし、異国出身の平民ですと答えると、あからさまに安堵《あんど》の表情を浮かべた。ウェスタレアのことを、見目が良いだけで素養のない娘だと思ったのだろう。

（分かりやすい。私はライバルにはならないと確信した顔――ね）

敵になりそうな相手を見つけたから、探りを入れに来たのだ。エリザベートは、お互い頑張りましょう、と笑顔で言い残して優雅に去っていった。

「優しそうな方でしたね。親しくなれるのでは？」

「あなたの頭の中はお花畑ね。分からない？　彼女は私のことを品定めしに来ただけ。あちらも仲良くなんてする気はないでしょう。――敵同士なのだから」

エリザベートの値踏みするような態度に、ペイジュは気づいていないようだが、ウェスタレアは些細《ささい》な反応を敏感に感じ取っていた。リリーに裏切られてから、人を警戒しやすくなっているのかもしれない。

（彼女のお手本みたいな笑顔……リリーのことを思い出させるわ）

リリーの花が咲いたような笑顔がフラッシュバックし、背筋が凍る感覚を思い出すウェスタレア。

なんとなく、エリザベートのことは苦手だ。

同じ空間でいるとトラウマが蘇《よみがえ》りそうなので、エントランスを離れるためにさっさと受付を済ませた。

「それじゃあ私は行くから――」

「待った」

彼女にお守りを握らされ、そっと耳打ちされる。

「最強の女剣闘士を連れ出したんですから、余裕で受かってくださるくらいでないと困りますよ？」

柔らかい笑顔でプレッシャーをかけてくるがウェスタレアは動じない。任せなさいと自信ありげに答えて会場に入った。

受験はまず、簡単なアンケートから始まる。応募者は皆、真剣に答案に向き合っている。試験官の合図とともに、伏せられた羊皮紙をひっくり返した。

（さ、頑張りましょう）

そして、試験が開始された。

◇◇◇

無事に試験は終わった。内容は学問的な問題と、貴族の教養問題両方が出題された。母語が違う点が大変だったが、ルムゼア王国で散々勉強してきたことを十分に発揮できたとは思う。

二次選考以降は、社交ダンスや礼儀作法、刺繍《ししゅう》に音楽といった実技的な試験が行われる。一次選考が終わったからといって気を抜かず、ウェスタレアはせっせと勉強していた。

そして三週間後。一次選考の結果が記された書簡が屋敷に届いた。

自室でアルチティス皇国の文化史の本に目を通していると、扉がノックされる。どうぞと促せば、通知書を持ったペイジュが中に入ってきた。

「お待ちかねのものが届きましたよ、主《あるじ》」

「そう、ありがとう。そこに置いておいて。後で見るわ」

「え……今見ないんです？」

「どうして？」

「普通は結果が気になるでしょう？　私も知りたいですし」

「ならあなたが見てくれても構わないけれど」

どうせ受かっているだろうけど、と付け加える。ペイジュは緊張した面持ちで、ペーパーナイフで封を切った。

「すごい……。数万人の受験者の中で――首席なんて」

結果を聞いても、ウェスタレアは特に驚かなかった。公爵家の優秀な家系に生まれて、幽閉されてまで教育を施されてきたのだ。それくらいできて当然でなくては。

「ただの自信家じゃなく、本当に聡明《そうめい》だったんですね。……料理は全然できないのに」

聞き捨てならない言葉が飛んできて、ペンを動かす手をぴたりと止めて顔を上げる。

「ちょっと。ひと言余計じゃない？　それに昨日はシチューを焦がさなかった」

「その代わりパンが炭になりましたがね」

「うっ」

ペイジュの柔和な笑顔に圧倒され、押し黙るウェスタレアであった。

次の選考は、貴婦人に贈るためにハンカチに刺繍を施すことから始まる。ハンカチを持って、お茶会に参加するのだ。そこで食事の際のマナーや振る舞いを貴婦人に評価され、複数人の中からたった一人の候補者のハンカチだけが受け取られる。

更にその次の選考では、推薦人の貴婦人とともに、大きな夜会に参加する。アルイティス皇国の皇太后が主催し、異国の貴族までが参加する大きな舞台。そこでどう振る舞えるかが見られるのだ。

「ここからやっと、本格的な皇妃選定が始まる感じがしますね」

「ええ。私、なんだかすごく楽しみだわ」

「ははっ、それは頼もしいです」

ウェスタレアは離宮で息を潜めて生きてきたから、お茶会も夜会も参加したことがない。それらの会に出られるというだけで、夢がひとつ叶《かな》ったような気分だ。

ウェスタレアには沢山の夢がある。不安も沢山あるし、未来のことは何も分からないけれど、それでも精一杯やれることを頑張っていこう。ひとつひとつ、自分なりの歩みで夢を叶えていこう。どんなに叩《たた》かれ踏みつけられても、枯れてやるものか。耐えがたきを耐え、いつか必ず美しい花を咲かせてみせるのだ。

◆◆◆

レオナルド・オレンシアは、ルシャンテ宮殿の執務室で新聞を読んでいた。しばらく前のもので、ルムゼア王国の悪女、ウェスタレア・ルジェーンが公開処刑されたという内容だった。

記事には、彼女が清廉潔白な王女に嫉妬し、毒を盛って殺そうとしたと書かれている。そして、ウェスタレアは毒杯を賜《たまわ》り、大勢の観衆の前で惨めな死を遂げたと。

(何が――悪女だ。彼女はただ、ひたむきに王妃になることを夢に見ていた、どこにでもいる普通の娘だった)

レオナルドはまだ少年だったとき、ルムゼア王国の離宮で彼女に会ったことがあった。レオナルドが知る彼女は、純粋で、真面目で、努力家だった。とても人を殺《あや》めるような人ではない。権謀術数が渦巻く王宮で、か弱い彼女は陰謀に巻き込まれたのだ。レオナルドはそう思っている。

(ルムゼア王室も落ちぶれたな)

何度も何度も読み返している新聞は、強く握りすぎたせいでシワができている。それを引き出しにしまい、小さくため息を吐《つ》いた。

隠された令嬢の件はさておき、今日は朝から気になっていることがある。それは――皇妃選定一次の結果だ。全ての応募者の試験の採点が終わり、通過した百人分の身上書が届けられることになっている。

（あの娘は受かっているのだろうか）

ふと頭に思い浮かぶのは、皇妃の座を狙う密入国者コルダータのことだ。先日、皇都でばったり遭遇し、自分で作ったという不味《まず》いクッキーを食わされたのを思い出す。

傍若無人で自由奔放。散々ひどい目に遭わされたのに……なぜか憎めない。それに、初めて会った気がしなかった。

（白銀の髪をした女人に会うのは――二度目だ）

何年も昔、ルムゼア王国の王宮で会ったウェスタレアも、美しい白銀の髪をなびかせていた。

すると、扉がノックされて、中へ入れと促すと、側近ディオンが入室した。長めの髪を束ね、いつも笑顔を浮かべている。何を考えているか分からない軽薄そうな雰囲気の男だ。

「お届けものでーす。――未来の花嫁候補百人の身上書。まぁ、あなたの関心を引くようなものではないと思うんで、その辺にてきとーに置いときますね。それか山羊《ヤギ》にでも食わせます？」

「いや、すぐに目を通す。貸してくれ」

「わ、意外」

ディオンはへらへらした様子でこちらに歩いてきて、百人分の書類を持ってきた。一次選考の成績順に並べてあり、身上書とセットになっている。ほとんどが貴族家出身の令嬢。おおむね予想通りの展開だ。けれど、成績が頭ひとつ抜けて優秀な娘は、爵位もない異国出身の者だった。――コルダータ・ツィニア。

経歴を見ても、平凡で取り立てて褒めるようなところはない。

筆記試験はほぼ満点。皇帝から出された詩題への回答もとても面白い。詩題は、『皇妃選定の実施について自由に述べよ』。唯一コルダータだけが、この皇妃選定への批判を書いていた。しかし、国家を軽視していると思わせないように、巧みな文章でほのめかしている。

「あーその人、面白いよね。一見国家を讃《たた》えてるように見せかけて、皇妃選定は意味のないものだと言っているようにも捉えられる」

「ああ。挑戦的だ」

コルダータが言及するのは、この国の識字率の低さ。全ての女性に応募資格を与えたところで、文字の読み書きさえできなければ、試験を受けてもその先はないとのことだった。

それは事実だ。しかし、この大規模な選定は、有能な女が国のどこかにいても見逃さないためというもっともらしい目的の他に、皇室の権威付け、つまり皇妃が数百万人から選ばれたひとりであるという――箔《はく》を付ける目的がある。国で最も優秀な女というだけで、求心力があるから。

そういえば、コルダータが最後に会ったとき、アルチティス皇国の識字率について語っていた。全ての女が皇妃選定を受けるのは、紙の無駄だとも。

（いや……まさかな。同じ名の別人だろう）

「その人、何が面白いって皇妃になりたい理由なんですよね。――ほら、ここ」

「志望理由？」

彼が指を差した場所を見て、レオナルドは半眼になる。そこには簡潔に、こう書かれていた。

『権力や名誉、富の全てを手に入れ、皇国の頂点に君臨したい』

いまだかつて、こんなに欲望丸出しの志望理由を提出した女性はいるだろうか。レオナルドは、この答案の主はあの不法入国のコルダータだと確信した。

皇妃の座に据わり、ふはははと高笑いする彼女が目に浮かぶようだ。『私が皇妃よ！　跪《ひざまず》きなさい！』――と。しかし、この教養の深さはどこで身につけたのだろうか。皇妃になると大口を叩いてはいたが、相当高い能力があると見受けられる。

(頭はよくても、人格は大問題だな)

ふっと笑いを零《こぼ》しつつ、ディオンを見上げて言う。

「コルダータ・ツィニアについて調べろ」

「へぇ。殿下が女の子に興味を持つなんて、どういう風の吹き回しです？　これは……そうだ、傘を買わないと」

「傘？」

「明日は雨が降りそうなので。いや、嵐が来るかも」

「――ディオン」

からかうのはやめろと目で訴えれば、彼は恭しく礼を執った。

「仰せのままに。――皇太子殿下」

応接間。午後に珍しい来客があった。

「突然押しかけてしまってすまないね。変わりはないかい？」

「ああ。そちらこそ大変だっただろう」

レオナルドに会いに来ていたのは、ルムゼア王国の王太子――フィリックス・ネーゼロアだ。ルムゼア王国は休戦中の敵国で、普段は積極的に交流を行えない相手だ。しかし、留学先が一緒だったときから彼は親友だった。ルムゼア王国とアルチティス皇国の和平交渉はそれぞれの国の事情が重なり上手くいっていないが、彼個人とはずっと親しくしている。

彼には同情している。婚約者であるウェスタレアが処刑され心中は複雑なはず。そんな状況の中で、はるばるここに来たのだから、何かよほどの用件があるのだろう。

「いや、むしろ大変なのはこれからさ」

「これから？」

「うん。僕はこれから、罪を暴かなければならない。――婚約者を陥れた本物の悪党たちのね」

彼の言葉を聞いて、小さく息を吐く。

「……冤罪《えんざい》だったのか」

「そうだ。ウェスタレアにはなんの罪もない。ただ……権力に翻弄されただけで」

「…………」

妃《きさき》教育のために幽閉されているだけでも気の毒だったのに、あまつさえ命を取り上げられてしまったというのか。若い彼女なら、生きてさえいたら輝かしい未来があっただろうに。

（……無体な）

しかも、彼女を陥れたのは前王妃と王女だと言う。フィリックスはウェスタレアの潔白を証明するために、証拠を集めていた。

「君も変わったんだな」

彼は長いものには巻かれるような、権力に弱い男だった。優秀なのに向上心も反骨精神もなく、いつも前王妃の顔色を窺《うかが》っていた。そんな彼が、婚約者の亡き後なのに憂いを晴らすために奔走するとは、相当な覚悟だろう。

「遅すぎるくらいだけどね。ウェスタレアに死刑が宣告されても僕は冤罪を訴えることができなかった。我が身可愛さでね。……最後に彼女と牢獄《ろうごく》で会ってから、ようやく覚悟を決めたんだ。もっと早く変わっていたらと今も悔やんでいるよ」

「……彼女を愛しているんだな」

「ああ。……本人からは、ずっと兄のようにしか思われていなかったけどね。片思いだよ」

「…………」

幽閉されながらもひたむきに王妃を夢見て努力していたウェスタレアに、いつの間にか惹《ひ》かれていったのだと彼は話した。

前王妃は、敵国ということで交易が禁止されているにもかかわらず、アルチティス皇国の商人とやり取りをしていた。また、ルムゼア王国で流行している病に効く薬草を、アルチティス皇国や世界中から買い占めて高額で国内に売り、莫大《ばくだい》な利益を得ている。

今回の事件においても、交易を禁止されている国との取引だったから、形跡を残さずに毒であるアギサクラギの種子を手に入れられたというのが、フィリックスの推測だった。アギサクラギはアルチティス皇国の山間部に生息している。

調べによると、前王妃は、仕入れた様々な毒を使って複数人を殺害している疑いがあるという。王宮内では前王妃に関わった複数人が不審な死に方をしていた。彼女は政敵を排除する目的で度々アルチティス皇国の商会から毒を入手していたと考えられる。

「デボラ商会か。……また闇が深い組織の名前が出たな」

「君の力でどうにか取引履歴を押収することはできるかい？」

その取引履歴さえ手に入れば、彼女たちを断罪する大きな証拠になる。しかし、ルムゼア王国の者がアルチティス皇国を自由に捜査することはできないから、レオナルドに依頼しに来たのだ。

フィリックスには、留学時はもちろん、皇太子になるまでかなり力を借りているので、できるだけその恩を返したい。

「こんなことを頼んでしまってすまないね」

「いや。お互い様だ」

貴族を相手に、毒や麻薬、武器などを売るデボラ商会は、アルチティス皇国でも度々問題になっている。しかし、商会の経営には、筆頭公爵家のレイン家が絡んでいるため、警察組織も手を出せずにいるのだ。レイン公爵家。この国の大きな闇のひとつだ。

「分かった。内密にこちらで人を動かそう。亡くなった彼女の憂いを晴らすために」

「…………」

　まだ彼は何か言いたげな様子でいる。煮え切らない態度に、どうしたのかと尋ねると、彼は重い唇を持ち上げた。

「もうひとつ君に頼みたい。……もし、白銀の髪に紫の瞳をした背の高い娘に会うことがあれば、力を貸してほしい」

「まさか、生きているとでも？　ウェスタレア嬢が」

　すると彼は驚いたように、こちらを見据えた。

「白銀の髪がウェスタレアだとなぜ分かる？　ウェスタレアの本当の髪の色を知っているのは、彼女の家族と僕くらいのはずなのに」

　ウェスタレアは世間では、赤い髪をしていると認識されている。しかし本当は、白銀の髪を隠すように赤く染めていたのだ。

　レオナルドが人生で初めて見惚《みと》れた相手。それは、ルムゼア王国に和平交渉で随行したとき、離宮で会ったウェスタレアだった。もうはっきりと顔を思い出すこともできないが、彼女の秘密である白銀の髪を見てしまったことは覚えている。

「まぁいい。確証はないけれど、恐らくね。他でもない僕が生かすために協力したから」

　その言葉は、レオナルドに衝撃を与えた。罪人を逃がすということは、国法を破ったということ。王族であれ、国家を軽視したと非難されてもおかしくはないことだ。

悪女ウェスタレアの遺体は盗掘人に盗まれ、医学研究のために解剖体にされたと言われている。だが実は、彼女は元婚約者フィリックスに解毒薬を用意させ、死んだ後は沢山の花と宝石を棺《ひつぎ》に入れてほしいと頼んでいた。その目的は、墓の中で仮死状態になっているところを盗掘人に掘り起こしてもらうため。

「解毒薬で、命が助かる確率は半々……ってところらしい。毒を中和し切れなければそのまま死ぬ」

「突飛な発想だ。もっと言えば、仮死のまま運ばれて全身バラバラかどうかさえ、運次第という訳か？」

「彼女は生きている。ここで死ぬようなタマではない」

死者に贈るには多すぎる宝飾品の数は、今後の生活のための資金にするため。罪人の棺に宝飾品を詰めようとしたことで、フィリックスは非難された。しかしそれらを全て無視して、彼女にふさわしい華やかな宝飾品を手向けたのだった。

「僕は、前王妃の勢力を敵に回しても、ウェスタレアが名前をもう一度取り戻せるように力を尽くすつもりだ。これは彼女が処刑台送りになるまで、何もしてやれなかった償いと、王太子として果たすべき務めさ」

「……そうか」

しかし、今はウェスタレアがどこにいるのか、生きているかさえ分からない状態だ。

「だが、会ったところで確かめる方法がないな。変装をしているかもしれないだろう。他に何か彼女を示す手がかりはないのか？」

「前王妃の監視があって、僕も彼女とそう深く交流できた訳ではないからね。彼女は品行方正で大人しく、淑《しと》やかな人。……それくらいしか分からない」

白銀の髪ということで、ふとコルダータのことが思い浮かぶが、フィリックスの言う特徴とまるで違うので、無いなと思った。

（……あれは凶暴で淑やかさの欠片もない女だった）

頭の中に浮かんだコルダータの存在をかき消す。レオナルドが初めて会ったウェスタレアも、お淑やかで優しかったのを覚えている。全てを失ってショックを受けたとしても、あそこまで別人のように変貌することがあるだろうか。

そして、フィリックスが続ける。

「ああでも、一度だけ髪を結い上げている姿を見たことがあった。——首の後ろにほくろが三つ並んでいたのを覚えているよ」

「そうか。心に留めておこう。まぁこの国で偶然遭遇するなどということは、滅多にないだろうがな」

「いいや。会うことになるよ。もし仮に——彼女が生きていたとしたらね」

しかし、フィリックスがなぜわざわざ自分にウェスタレアのことを託そうとするのか、会うことになると確信しているのか、レオナルドは疑問に思った。

星の数ほど人間がいる中で、彼女に会う確率はどれだけ低いことか。

それこそ、皇妃選定を受けて勝ち上がってくるなどしたら——話は別だが。

◇◇◇

「わ～、お姉ちゃん、ピアノ上手！」

「すごーいっ！」

ウェスタレアは教会の礼拝堂でピアノの練習をしていた。この先の選定で、急に楽器を演奏してと言われる場面があるかもしれないからだ。ちょうど賛美歌の伴奏者が仕事を辞めてしまったため、朝の礼拝で賛美歌を弾く代わりに、自由に練習する許可をもらっている。

「……あ、ありがとう」

それが好評で、ウェスタレアのピアノを聴きに子どもたちが集まるようになり、たまに弾き方を教えてあげたりしている。でも、子どもと関わるような機会が今までになかったため、反応に困っている。

「ねぇもっと弾いてっ」

「もう一回！」

「もっともっと～！」

子どもたちから「もっと」コールが湧き起こる。腕を揺すって催促されて、分かったと頷《うなず》く。練習曲を聞いていても面白くはないと思うが、娯楽が少ない子どもにとっては新鮮に聞こえるのかもしれない。

自然と指が奏でたのは母国の国歌だった。自分を屈辱的なやり方で捨てた母国への愛国心は薄らいでいたはずなのに、身体にこの曲が染み付いている。

細い指をしなやかに動かせば、繊細な音色が礼拝堂に反響した。

（今ごろリリーはどうしているのかしら）

アルチティス皇国でも、隠された令嬢ウェスタレアが王女暗殺未遂で処刑されたことは大々的に報道された。邪魔者を排除したリリーはきっと、なんの努力をせずとも、王太子フィリックスの婚約者の座を手にするのだろう。

一方のウェスタレアは、街でアルバイトなどしながら、泥臭くもがいている。まもなく皇妃選定の二次選考があり、選定の場にふさわしいドレスが必要なのだが、それを買う金さえない。

（楽にお金を稼ぐ方法って何かないかしら。例えば……カジノとか）

けれど女ひとりでそんな場所に行ったら、危険な目に遭うかもしれない。ペイジュを伴って行こうかと考えながら、一曲を弾き終わったとき、子どもたちの拍手と一緒に低い声が耳に入る。

「皇都に敵国の国歌を弾く不届き者がいるかと思えば——お前だったか。コルダータ？」

「！」

はっとして振り返ると、レオがいた。レオは子どもたちを見下ろして言う。

「彼女と込み入った話がしたいから二人きりにしてくれないか」

「分かった！」

「いいよー！」

素直な子どもたちは、元気よく頷いて礼拝堂から去っていった。

（折り入って話すことなんて私にはないのだけれど）

神聖な礼拝堂に彼と二人きり。

コルダータは眉をひそめて言った。

「あなたは私のストーカーですか？　訴えますよ」

「どの口が言うんだ犯罪者」

「うるさい」

「ならさっさとその耳飾りを返すんだな。返すまで付きまとうぞ」

「まぁ怖い」

教会に子どもしかいないから油断して弾いてしまったが、敵国のシンボルを掲げることは犯罪だ。それに、彼がルムゼア王国の国歌を知っているとは思わなかった。

「皇都で安全に過ごしたいなら、ルムゼア王国を想起させる行為は控えろ」

「ご忠告どうも」

「なぜこの曲を？」

「別に。……たまたま知っていただけ」

レオはウェスタレアの隣に座った。ひとり用の椅子に密着するような形になる。香料の匂いを感じるくらいに近くて、妙に落ち着かない。甘く爽やかな、花の匂い。

（これ……藤の花の匂いに似ている）

彼は鍵盤に指を置き、演奏し始めた。ピアノを習えるのは経済的に豊かな上流階級だけなので、よほど育ちがいいように思える。曲のセンスも良い。彼はしなやかな指で音楽を奏でながら言った。

「首席を取ったらしいな」

「どうしてそれを……」

一次選考の結果を知るのは、皇室関係者か応募者本人、選考委員くらいだ。平日の昼間に教会で遊んでいるような男がなぜ知っているのか疑問に思う。

「もしかしてあなた、宮廷に勤めているの？　皇族に仕えているとか？」

「まぁそんなところだ」

彼ははっきりとは答えず、煮え切らない感じで言った。

「お前、勉強だけはできるようだが……」

「……だが？」

「――性格は直した方がいい」

「余計なお世話よ！」

真剣な顔で真剣に告げられ、余計に腹が立つ。

鍵盤を弾く怜悧《れいり》な横顔を見つめていたら、彼はぴたりと演奏をやめて、こちらを振り向いた。長いまつ毛が伸びる双眸《そうぼう》に射抜かれ、心臓が跳ねる。レオは少しずつ近づいてきて、囁いた。

「――コルダータ・ツィニアは偽名だな？　非常によくできているがあの身上書は偽造だ」

「！」

偽物と分からないように完璧に身上書を作ったはずだったのに、まさか彼に見抜かれているとは思わなかった。正体がバレたら、皇妃選定の参加資格の剝奪どころか、ルムゼア王国に強制送還されるかもしれない。背中に冷たいものが流れる。ウェスタレアの動揺をわずかに感じ取った彼は言った。

「なに、俺もお前に弱みを握られている身だ。秘密は誰にも言ったりしない。――それを返してもらうまではな」

「では未来永劫《みらいえいごう》、この耳飾りはあなたの手元に戻らない、ということで」

「絶対に返せ」

伸びてくる彼の手をすいとかわす。そのとき、ウェスタレアの耳飾りがちらりと揺れた。

「……まぁ、そうよね。まともな出自なら不法入国なんてしていない」

どうせ、不法入国の現場を目撃されているのだ。隠していても意味がないことである。彼に嘘《うそ》は通用しないと悟り、言い訳するのをやめた。

レオはそっと椅子から立ち上がり、ピアノの上に置かれた花瓶を見つめた。

花瓶に活けてある花の中から、百合《ゆり》の花だけが引き抜かれて散らばっている。百合の花はリリーのことを思い出してしまうから嫌いだ。

レオはおもむろに、それをひとつひとつ花瓶に戻していった。今度はウェスタレアがもう一度ピアノの鍵盤を弾く。細い指が音を奏でるのを見て、彼は花瓶に百合の花を戻し終わったあとに手を取った。

「小さな手だ。こんなにか弱い手で、皇妃の座を掴《つか》もうとしているのか。お前は」

「そうよ。必ず、摑んでみせる」

戯れのように指を撫《な》でられ、こそばゆい。触れられる場所がやけに熱くて、その熱は上へと伝わって頰を朱に染めた。胸の鼓動まで加速し始めたウェスタレアは、手を引っ込めて勝手に触れるなと彼に目で訴える。

「お前の背景が全く見えてこない。なぜ皇妃に固執するのかも」

「あなたがそれを知る必要はないわ」

「必要はある。俺は耳飾りを返してもらわなければならないのだから。面倒極まりないが、俺はお前の信頼を得なければならないのだろう？」

「…………」

ウェスタレアは右耳をそっと押さえた。

「信頼されたいなら、私が何者かは詮索しないで。知られたくないの」

ウェスタレアは王女暗殺未遂で裁かれた悪女だ。それを暴かれたくない。知ったらきっと彼は心底ウェスタレアのことを軽蔑するだろう。嫌いになって、近づこうとしなくなるだろう。彼に嫌われるのが、なぜか怖い。

苦い顔で訴えれば、彼は分かったとため息混じりに答えた。ウェスタレアは鍵盤の蓋を閉じてレオを見上げた。

「私からもひとついいかしら」

「なんだ」

「このあとの予定は？」

突然の質問に、彼は目を瞬かせる。

「それはデートの誘いか？」

ウェスタレアはいたずらを企《たくら》む子どものように口角を上げた。

「――正解」


ウェスタレアはレオを強引に連れて、夜の歓楽街を訪れていた。街の中でもひときわ大きな建物に、仮面を着けて正体を隠し入ると、タキシードを着た品のいい店員に出迎えられる。

「――未来の皇妃がギャンブルとは聞いて呆《あき》れるな」

「資金調達は重要よ。薬屋のアルバイトの給料なんてたかが知れている。皇妃選定は何かとお金が要るのよ」

この先の選定で公の場にふさわしいドレスをいくつか買わなければならない。貴族令嬢が着るようなドレスは、一般庶民が数ヶ月労働したくらいでは購入できない値段だ。だから、カジノで一攫千金《いっかくせんきん》を狙うのだ。

「浅はかにもほどがあるな。お前、負ける可能性を微塵《みじん》も想定していないようだが……」

「さ、行きましょう」

こういう場所は治安が悪いので、女ひとりより男を伴っていた方が安全だと思い、偶然現れた彼を連れて来ることにした。ウェスタレアはつかつかと高いヒールで歩き、どのゲームにしようかと見て回る。そして席に着いたのは、ブラックジャックのコーナー。先の客がゲームをしているのを、ワイン片手に横から見物させてもらう。

「お嬢さんもやるかい？」

「……いえ、私はルールをよく知らないから、少し見せてもらおうと思って」

本当は知っているが、あくまで初心者という体でゲームを眺める。――ゲームで出たカードをひとつひとつ覚えて、残りのデッキになんのカードがあるか推測を立てながら。

これは、カウンティングというブラックジャックの攻略法だ。ルムゼア王国では、これを利用して多額の金を稼ぐ者が出て禁止された。しかし、アルチティス皇国ではまだ禁止されていない。

（そろそろね）

山のカードが減り、プレイヤーが有利になった状態でそっと手を挙げる。

「――私もやってみたい」

先の客は快く譲ってくれた。身につけているものは全て高価で、明らかに裕福そうな中年の男性だ。

「プレイスユアベット」

ディーラーの合図で、有り金全てのチップを出す。他の客が「そんなに賭けていいのか？」と困惑する。けれどウェスタレアは次々と賭けに勝利していき、その度に掛け金を増額していった。

「す、すごいなお嬢さん。これで何連続勝利だ？」

「よく分かりませんが、きっとビギナーズラックですね」

「ビ、ビギナーズラック」

初めてのカジノで、多額のチップを獲得したウェスタレア。山積みになったチップを換金し、バルコニーで酒の入ったグラスを傾ける。レオも酒を飲みつつ、疑わしげに言った。

「あのふざけた勝ち方は何だ？　一体どんな手を使った？」

「ふ。知りたい？」

酒をひと口飲みながら優雅に微笑む。

「あれはカウンティング。他国では禁止されているから、ズルみたいなものね」

ウェスタレアは白亜の手すりに腕をかけながら、柔らかな笑みをレオに向けた。

「じゃあそのお酒は口止め料ということで」

しっと人差し指を唇の前に立てて、『内緒』のジェスチャーを取る。

「……やれやれ。調子が良い奴だ」

ウェスタレアのことを咎《とが》めつつも、レオは小さく笑うのだった。あまり笑わない彼が頬を緩める表情は珍しい。きっと、酒が入っているからだろう。笑っていたら魅力的なのに、という言葉は喉元で留《とど》めて飲み込む。

それから一時間ほど経過したあと。

「まだ飲み足りないんじゃない？」

そう言ってレオのグラスに度数の高い酒を注いでいく。しかし、手元が狂ってグラスの外にどばどばと零れていく。

「おい、溢れてるぞ」

ほどほどにしておけという忠告を無視して飲んだせいだ。

ウェスタレアの覚束《おぼつか》ない足元と赤らんだ頬を見て、レオが「相当酔っているな？」と尋ねてくるが、その問いも片耳からもう片耳へとすり抜けていく。

「ぜーんぜん酔ってないわ」

ウェスタレアはソファに腰を沈め、にっと頬を緩めた。

「じゃじゃ馬姫は自己管理もできないのか」

「もう、コルダータよ。人生で一度はカジノに来てみたかったの。とっても楽しかった」

離宮に閉じ込められていたころは、規律が厳しく、飲酒は限られたときしか許してもらえなかった。賭け事なんてもってのほか。今は随分開放的になった。

「これで新しいドレスが買えるわ。――レオは、どんなドレスが好き？」

肘掛けに頬杖《ほおづえ》を突き、レオの顔色を窺う。彼はどうでもよさそうに答えた。

「他人の服装に興味がない」

「はは、あなたモテないでしょう」

「…………」

レオは渋面を浮かべて腕を組み、しばらく悩んだ末に――紫色と答えた。紫色はウェスタレアの瞳の色。ルムゼア王国にいたころ、紫色のドレスを何着も持っていたが、とうとうそのドレスを着て民衆の前に出ることはなかった。

（離宮に残したドレスはどうなったのかしら）

それらのドレスは次期王妃であるウェスタレアの持ち物だったから、リリーがフィリックスの婚約者になれば、その持ち物も引き継ぐことができる。

きっと彼女は、ウェスタレアが気に入っていたドレスでも容赦なく全て処分するだろう。全てを取り上げておいて、捨てるときは簡単に。

(ドレスを一着買うのに苦労するなんて……馬鹿みたいね)

ふいに、ウェスタレアの瞳からぽろっと涙が零れた。酒が入っているせいか、いつもより涙脆《なみだもろ》くなっている。

「お、おいどうした。急に泣いたりして……」

「なんでもない。――放っておいて」

泣き顔を見られないように顔を逸《そ》らし、俯《うつむ》くウェスタレア。

ただ、悔しいのだ。理不尽な目に遭って、自分は現状を変えようと必死に足掻《あが》いているのに、ウェスタレアを陥れた本人たちは、そんなことさえ知らずに悠々と笑っているのだろう。怒りを通り越して、虚《むな》しくなってくる。

「……たまに、怖くなる。今足掻いていることが、全部無駄になるのではないかって。自分にも、私を傷つけた人たちにも、負けたくないのに……っ」

耐え切れなくなってぐすぐすと鼻を鳴らしながら本格的に泣き始める。するとレオが隣に腰を下ろし、手で強引に顔を彼の方に向けられた。彼はウェスタレアの涙を親指の腹で撫でるように拭いながら、切なげに呟《つぶや》いた。

「お前が泣いていると俺の調子が狂う。だから……泣くな」

「何よ、それ……」

自分の調子が狂うから泣くななんて、泣いている相手への慰めとしては不適切だ。

「あなたやっぱりモテないわね」

気が利かない彼に、苦笑する。

誰かの前で泣いたのは二度目のこと。頭に思い浮かんだのは、少年が離宮に迷い込んだ日のことだった。レオはウェスタレアにとって、つい素の自分が出てしまう相手だ。不法入国という自分の弱みを握る危険な男の前で酔っ払うなんて、ウェスタレアにしては警戒心に欠けている。

（今日の私……どうかしてる）

ウェスタレアの右耳で耳飾りが揺れる。今だって取り返すチャンスがいくらでもあるのに、彼は奪い返そうとしない。奪い返す気がないようにすら見える。小さく肩を竦《すく》めて、彼のことを上目がちに見つめる。

「もしも出会い方が違っていたら私たち、良い友達になれていたのかしら——なんて。友達がいたことがないから、それがどういうものなのかよく分からないのだけれど」

「………」

そう伝えると、彼は瞳の奥を揺らした。ウェスタレアは眉をひそめ、切々と本音を零した。

「皇妃になりたい。どうしてもなりたいの……。子どものころからの夢だったから。努力しているのに、また報われないのが怖い……っ」

どうして、この人の前ではつい弱い部分もさらけ出してしまうのだろうか。誰にも侮られない、強く凛《りん》とした人でいたいし、ずっとそうであったはずなのに。こんな姿、駄々をこねる子どもみたいでみっともない。

レオは泣いた子どもをあやすような眼差しで、そっと呟く。

「その努力は、やがて何かの形で実を結ぶ。お前はよい皇妃になれるだろう。応援している」

「……！」

ウェスタレアは、はっとして息を飲んだ。

（その言葉は……）

いつかのとき、離宮に迷い込んだ少年が同じ言葉でウェスタレアを励ましてくれた。

過去の少年とレオを重ねたその刹那、ウェスタレアは真っ青になって顔をしかめる。口元をばっと押さえて前かがみになり、彼がそれを支える。

「――うっ」

「ど、どうした⁉　顔が真っ青だ」

「吐きそ……」

「は？　ま、待て、なら俺の腕を掴むな。洗面器を借りてくるから。おい、聞いてるのか⁉　コルダータ……！」

「うおえぇぇぇ」

レオの膝にひとしきり吐いてすっきりしたウェスタレアは、何事もなかったようにソファで眠り

始めた。一方、レオはぴしゃりと硬直して絶句する。

（最悪だ……）

◇◇◇

ウェスタレアは夢を見ていた。十年近く昔に、離宮で出会った少年の夢を。

二人は並んでガゼボのベンチに座り、庭園の花を眺めていた。

「いつもひとりで過ごしているのか？」

「先生が何人かと、食事を運んできたり家事をしてくれる人もいるわ。でも……気を許せる相手はいない。そういう意味ではひとりね」

「……辛《つら》いな」

ウェスタレアにはリリーしか友達がいない。本当はもっと大勢の友達を作って、賑《にぎ》やかに過ごせたらいいのにと打ち明ける。

「なら、俺が新しい友になろう」

「で、でももう、あなたには会えないわ。私は王妃になるまで、離宮を出られないから」

「友というのは、どんなに離れていようと、何年会わずとも、親しくいられる存在なんだ。知らないか？」

「知らないわ。だって私……友達が少ないから」

拗《す》ねたように目を伏せると、彼はふっと笑った。

ウェスタレアは次期王妃だが、とにかく人との関係が希薄だった。そして常に、身の危険を感じながら過ごしている。

「ここでの暮らしは息が詰まりそう。王宮は陰謀と思惑が交錯していて、いつ誰が殺しに来るか分からないから」

何人かの護衛騎士がつけられているものの、実際のところ彼らは前王妃デルフィーヌの犬だ。常にウェスタレアのことを監視しているようにと命じられており、ウェスタレアの行動を逐一報告している。また、彼らはデルフィーヌに忠実だと見せかけておいて、よく仕事をサボる。――だから、この少年のような部外者の侵入を許すことになるのだ。

「そういえば確かに、護衛の者の姿が見えないな」

「どこかで日向ぼっこでもしているんじゃないかしら。今日は良いお天気だし」

「日向ぼっこ……。それは職務放棄だ」

離宮の護衛騎士たちは主人であるウェスタレアのことを侮っていて、仕事を放ったらかしにすることがある。けれど、彼らはデルフィーヌの息がかかった者たちだから、下手に罰することはできないし、勝手に人を替えることもできない。

「これでは、もし刺客が襲ってきても防ぎようがないわね。私ね、この王宮で生き延びるために自分で自分を守る術《すべ》を覚えるべきだと思うの」

「……護身術か何かを始めるつもりか？」

「ええ。誰かを当てにするより、鍛えようかと」

両方の拳をぎゅっと握り、体術の構えを真似てみせる。ウェスタレアは細くて筋力も弱く、今までダンスを除いて運動らしい運動をしてこなかった。明らかに素質がなさそうなウェスタレアを見て、彼は顎に手を添えて思案した。

「体を鍛えずとも、他にも方法はある」

「他に……？」

すると彼は、ガゼボの柱から天井に絡みつくように蔦《つた》を伸ばす藤の花をひと房摘んで、ウェスタレアの手に置いた。ウェスタレアは藤の花から取った名前だ。

「藤の花には毒があり、多量に摂取すれば、腹痛、嘔吐《おうと》といった中毒症状を起こす。美しい花に毒があるのはなぜか知っているか？」

「鳥や動物に食べられないようにするため、とか？」

なぜそんなことを藪《やぶ》から棒に聞くのかと小首を傾《かし》げると、彼は「さすが、賢いな」と言って頭を撫でてきた。

「植物によって理由は様々だが、お前が言ったのもそのひとつと言える。それらの花は意味もなく咲いている訳ではなく、外敵から身を守るために美しい花弁の内側に毒を隠している。摘み取ろうと不用意に近づけば、逆に痛い目を見ることになるんだ」

そこで、彼の言いたいことが分かった。

「毒花ならぬ……毒薬令嬢になれということね。名案だわ！」

なんて素晴らしいアイディアなのだと瞳を輝かせるウェスタレアに、少年が続けて言う。

「あ……いや、これは例え話だ。まさか君がそんな風に真に受けるとは――」

「確か王宮書庫に毒薬の本があったわね。それに、薬師に頼めば簡単に薬の材料も手に入る。勉強を始めるなら周りの人に怪しまれないようにしないと……」

「お、おい。聞いているのか？　だからこれは、ほんの冗談のつもりで言っただけで……」

顎に手を当ててぶつぶつと独り言を呟くウェスタレアの耳に、彼の言葉は全く入ってこない。

彼が冗談で言った言葉をすっかり真に受けたウェスタレアは、薬学を勉強するという体で、護身のための毒薬の勉強を始めた。退屈を紛らわせるための趣味のような感覚でもあった。

それが、アルチティス皇国に渡ったあとで、実際に役立つことになるとは予想だにしないのだった。

◆◆◆

レオナルドは泥酔して眠ってしまったコルダータを背負い、馬車に乗せた。なんとか彼女から住所を聞き出したので、家に送るつもりだ。

気持ちよさそうに寝息を立てるコルダータを見て肩を竦める。彼女に汚された服は着替えてきたが、またひとつトラウマが増えた。今までこんな風に誰かに振り回されることはなかった。でもそれが嫌ではない自分は、きっとどうかしている。

（気持ちよさそうに眠っているな。……呑気《のんき》な奴だ）

男の前で寝顔を晒《さら》しているのに、一向に起きる気配がない。小さくふっくらとした唇から規則的な呼吸が漏れ聞こえる。髪が少し乱れた寝顔は、無防備で、蠱惑的《こわくてき》で、色香を漂わせていて。

「――無防備すぎやしないか？」

彼女の傍《そば》に寄り、上から見下ろして囁く。今なら耳飾りを取り返すこともできるが、そうしようとは思えなかった。

彼女が寝返りを打ったとき、胸から筒状の何かが座席の下に転がり落ちる。拾い上げてみると、先端が針になっていて、筒の中に液体が注がれていた。初めて出会った夜、レオナルドを動けなくさせた毒針なのだろう。

毒針を片手に、もう片方の手をそっと伸ばして、顔にかかった長い髪を少し退《ど》けてから、頬を優しく撫でる。

『首の後ろにほくろが三つ並んでいる』

先日ルムゼア王国の王太子フィリックスから聞いたことを思い出す。非業の死を遂げたことになっているウェスタレアを示す唯一の証しについて。

レオナルドは部下に、コルダータのことを調べさせた。アルチティス皇国の国籍は本物だが、彼女が皇妃選定のために提出した身上書は偽物。実家の住所を訪ねさせると、とうの昔から人は住んでおらずもぬけの殻だった。

コルダータが現れたのは、ウェスタレア・ルジェーンの死のちょうどあと。ルムゼア王国からアルチティス皇国に移動するには十分な時間が経《た》ってからだった。

そして彼女は、知勇に優れ、語学堪能で芸術にも長《た》け、ありとあらゆる素養を身につけていた。まるで、王妃になるための教育を叩き込まれてきたかのように……。護身のために毒薬の知識を持っている彼女だが、普通に生きていたらそんな知識は不要のはず。彼女はもしかして、身の危険がある場所で過ごしてきたのではないか。

「…………」

うなじにかかる髪を払うと、そこには小さく二つ並んだ――ほくろがあった。

レオナルドはもう一度毒針を見下ろして、それを握り締めた。

「そうか。……俺の入れ知恵だったんだな」

まさか、ほんの軽い気持ちで言った冗談をまだ間に受けているとは思わなかった。彼女はたまに変に純粋というか、単純なところがある。ある人の受け売りで毒薬で身を守っている、と以前言っていたから、十中八九レオナルドの言葉がきっかけだろう。

けれどもしかしたら、彼女の記憶に、あの離宮でのひとときが欠片くらいは残っているのかもしれない。そう思うと少しだけ嬉しくなった。

「ほら、家に着いたぞ。起きろ」

「ん……」

座席で眠るコルダータを揺するが、ほとんど反応がない。

「……世話が焼ける」

彼女を背負って、玄関まで連れて行く。門をくぐって玄関に近づいた刹那、後ろに人の気配を感じて立ち止まる。誰かがいると思ったら、首筋に金属の感触が触れていた。

視線を落とすと、スープで濡《ぬ》れたお玉が突き立てられていた。わずかに熱を持っていて、調理を中断してきたのだと理解した。

「――彼女に何をした？」

いつの間にか背後に立っていた中性的な女性。彼女は、不法入国のときコルダータと一緒にいた。皇太子の騎士をいとも容易《たやす》く鎮圧してしまうようなとんでもない強者《つわもの》だ。名前は確か、ペイジュと呼ばれていた気がする。

首に添えられているのは、武器とは程遠い調理器具のお玉だが、敵意がないことを示す。

「何か誤解をしているようだが、俺は泥酔したお前の主を連れてきただけだ」

「ふざけるな。教会のピアノ奏楽に出かけたお嬢様が、どうして夜更けまで飲んだくれて帰ってくることがある？」

「お前は彼女の性質を全く理解していないようだな。彼女は教会を出たあと、ギャンブルに夢中になっていた」

「ギャンブル」

ペイジュは唖然《あぜん》呆然《ぼうぜん》とし、けれど納得したようで、お玉を下げてレオナルドに謝罪した。取り上げた毒針を彼女に預ける。

「なぜこの耳飾りを奪い返さなかった？　君にとって大事なものなんだろう？」

「彼女に興味が湧いたからだ。これがあれば会う口実になる」

「なんだって……？」

本気で取り返そうと思えばいつでも取り返せたのに、もはや彼女からこれを奪う意思がなくなっている。それは、レオナルドが彼女に好意と興味を持ち始めていて、交流を望んでいるから。

「今の言葉は聞かなかったことに。……主を送っていただいたことには感謝します。では」

「――待て」

「なんです？」

「お前は知っているのか？　その娘が何者なのか。過去にどこで、何をしていたのか」

「さぁ、何も。過去に何があったかなんて興味はないな。彼女が恩人ってことに変わりはないから」

「――たとえ、犯罪者だったとしても？」

その瞬間、彼女の眉がわずかに動いた。コルダータの正体は、王女暗殺未遂の罪で公開処刑されたウェスタレア・ルジェーンだ。普通の人間なら、軽蔑し、関わるのを拒むだろう。

「どんな大悪党でも構わないさ。彼女が何者であろうと、忠義を尽くすことに変わりはない。上へ上へ這《は》い上がろうと泥臭くあがく彼女を、支えたいと思ってるし、信じたいんだ。だから――」

ペイジュはこちらをきつく睨《にら》みつけた。

「――決して邪魔をするな。興味が湧いたかなんだか知らないけど、主は皇妃になる。無関係の男と恋仲になってもらっちゃ困るんだよ。おまけに彼女は、世間知らずで男には全く疎《うと》いうつけだ。だから、からかうような真似はよしてくれ。目障りだからさっさと帰ってくれないかな？」

なかなか賢く、勘もよさそうだが、まだ、自分の主やレオナルドの正体には気づいていないらしい。

（……無関係ではないんだがな）

しかし、どうして彼女が自分にここまで敵意を剝《む》き出しにするのかと疑問に思う。

「俺はお前の主を介抱してここまでわざわざ連れてきてやったんだぞ。その態度はないんじゃないか？」

「…………嫌いなんだよ」

ペイジュはお玉をレオナルドの鼻先にびしっと差し向けて、ゴミを見るかのように睨《ね》めつけた。

「私は君みたいな見た目のいい男が大嫌いなんだ。前のクソッタレな主人も顔だけはよかったんだ。君を見ていると人間ゴミを思い出す。私に粗大ゴミとして捨てられたくなかったら――早く去りな」

「…………」

ペイジュはレオナルドに対して敵意剝き出しのまま、奪い取ったコルダータを横抱きにし、屋敷の中に入っていった。前の主人がどうとかいう話はさっぱり分からないし、理不尽すぎる理由で毛嫌いされたレオナルドは、呆れて立ち尽くす。なんというか、主が主なら……という感じだ。

だが、コルダータの素性を気にさえせずに、忠誠心を捧《ささ》げていたらしい彼女。ふと、コルダータは友達が欲しそうにしていたのを思い出す。

（できたじゃないか。――良き友が）

煙突から煙が上っている。そして、夕食の美味しそうな匂いが鼻を掠《かす》めた。どこにでもある温かい家庭の夜の雰囲気だった。

レオナルドは明かりの灯《とも》された窓をちらりと見てから、踵《きびす》を返した。

◇◇◇

ウェスタレアは休日、居間で黙々とハンカチに刺繍を施していた。二次選考で刺繍を貴婦人に評価してもらうためだ。

十人の候補者が指定の会場に集まり、お茶会に参加する。そこで食事のマナーや礼儀作法を見られ、貴婦人がハンカチを受け取るのはたった一枚。いかに審査員の貴婦人に気に入られるかということが重要になる。そして、今百人いる皇妃候補者が、十人まで絞られる。

――コンコンコン。

扉がノックされて中へと促せば、ティーワゴンを押したペイジュが部屋に入ってきた。慣れた様子で紅茶を用意してくれている。注ぎ口から注がれる紅茶から、白い湯気が立ち上るのを眺めた。

「ありがとう、気が利くのね」

「いえ。そっちは順調ですか?」

「ええ。あと少しよ。――どう?」

「すごい。……絵みたいだ」

高価なレース生地に、色とりどりの糸で刺繍が施されており、縁もフリルで装飾してある。アルチティス皇国の国花であるバラをメインに、精緻を極めた模様が円形に広がる。ウェスタレアはひと針ひと針を丁寧に縫っていった。選ばれますように、選ばれますように、選ばれますように……という念を込めて。しかし実際、刺繍のクオリティはそれほど重要ではない。審査員の貴婦人からの印象が全てで、どうしても相性などの運要素が大きい。

　するとペイジュが、テーブルの端に置いてあるもうひとつのハンカチを見つけた。

「なぜ二つもハンカチを？」

「……よ、予備よ」

「本当は……あの男に贈るつもりでは？」

　鋭い指摘に、どきりと心臓が跳ねる。『あの男』が差すのは、先日泥酔して迷惑をかけたレオのこと。まさにウェスタレアは、彼のための刺繍を施していた。刺繍入りのハンカチを異性に贈ることが――好意の証しとされていることを分かっていながら。

「迷惑をかけたから……そのお詫《わ》びよ」

「詫びなら、手製のハンカチである必要はないはずです。あの怪しげな男を気に入ったんです？あなたが、酔うほど気を許すなんてよほどでしょう。大事な時期ですから、軽率な行動は控えるべきです」

　彼女の言うことはもっともだが、自分でも不思議なくらいなのだ。警戒心は強い方なはずなのに、レオの前だと気が抜けてしまうことが。

「……そうね。私が浅はかだったわ。これは捨てておいて」

　ハンカチをペイジュに渡す。もう二度と会うこともないかもしれないのに、何を浮かれているのだろう。

（皇妃が忠義を尽くすのは、国家と国民、そして皇帝陛下でなければならない）

仮にレオに友情のようなものを抱いていたとして、それは皇妃になるために必要なものではない。むしろ、妨げになるかもしれないものだ。

ペイジュの言葉に目が覚めて、自分を諌《いさ》める。レオには不法入国の秘密を知られているのに、そんな危険な相手に絆《ほだ》されるなんてあってはならない。

「……私はただ心配なんです。主に変な虫が寄ってこないかと」

「ちゃんと気をつけるわ。ところで、その手に持っている新聞を貸してくれる？」

「ああ、すみません。渡すのを忘れていました。今日の朝刊です」

新聞を受け取り、ペイジュを退出させる。やりかけの刺繍をテーブルに置き、新聞を広げた。知りたいのは、この国の情勢ではなく祖国のこと。

アルチティス皇国に来てから、悪女ウェスタレア・ルジェーンが処刑されたことは報道されたが、王室のその後は一切書かれていなかった。けれど今日、ルムゼア王国王太子フィニックスの次の婚約者の最有力候補の名前が書かれていた。

「――リリー・ネーゼロア」

前国王の娘。そしてウェスタレアを処刑台に追いやった因縁の相手だ。彼女がウェスタレアの後釜に据わるのは予想通りである。

（ねぇ、人から奪った椅子の座り心地はどう？　リリー）

ウェスタレアは嘲笑を唇に浮かべ、新聞を破り捨てた。

◆◆◆

「リリー様。お湯加減はいかがですか？」
「ちょうどいいわ。ありがとう」

王宮の王女専用浴室。白い湯船でリリーは身体を清めていた。水面に花弁を浮かべ、アロマの香りを充満させている。

侍女に髪を洗わせながら、天井を見上げる。この王宮に忌まわしいあの女がいなくなり、空気が澄んだ気がする。清々《すがすが》しい気持ちですぅと深く息を吸い込む。

(……とってもいい気分)

隠された令嬢。王太子の元婚約者ウェスタレア・ルジェーン。華やかな容姿だけではなく、思慮深く礼儀正しい完璧な女性だった。嫌がらせのような厳しい妃教育にも、泣き言ひとつ言わず、王妃になるために頑張っていたのを覚えている。

いつか王妃になれば、彼女は民衆に愛される国の象徴になるだろう。……それが嫌だった。人々に最も敬愛を注がれるのは、自分でなくては。仮に王太子の妃になったとして、ウェスタレアがいる限り、自分は二番目扱いで正妃にはなれないのが気に入らなかった。

前王妃と共謀してウェスタレアを排除できた今となっては、リリーが次期王妃最有力候補。権力を握る前王妃の推挙があれば、自分の地位は堅いだろう。

　お湯を手ですくい、身体を撫でながら侍女に話しかける。

「ねぇ、あなたはもう聞いた？　ウェスの遺体が盗まれたんですって。今ごろ彼女はどうなってしまったのかしら」

「盗掘遺体は大抵、研究者たちの解剖のために売られると聞き及びます。これだけ王女様や国家に迷惑をかけたのですから、最後に医学のために貢献できてよかったのでは」

「そのような言い方はおやめなさい」

　リリーは侍女を厳しく咎める。

「彼女は毒を飲んでもう罪をあがなったのだから。……死んだあと、原形も分からないほどにバラバラにされてしまうなんて、わたくしならきっと耐えられないわ。お可哀想なウェス……」

「王女様は優しすぎます！　もっと怒ってもいいはずです。あの女に、殺されかけたのですよ!?」

　怒るも何も、彼女を陥れたのはリリーだ。けれど、こうして彼女を憐《あわ》れむフリをするだけで、周囲の人たちの好感度は面白いくらいに上がる。人の心をコントロールするのなんて簡単なこと。

　身体を清め、ゆっくりと温まったあと、浴槽から出る。侍女たちが濡れた身体をせっせと拭き、ドレスを着せられる。

　このドレスは、ウェスタレアが袖を通すことがなかった、王太子の婚約者のためにあつらえたドレス。彼女の持ち物は全て、リリーが譲り受けた。別に捨ててしまってもよかったけれど、リリーはあえて自分のサイズに仕立て直させた。せっかく次期王妃のために作ったのだから、使ってあげなくては可哀想だろう。彼女は一度だって華やかなパーティに出たことはなかった。だからこれを着て、リリーがめいっぱい楽しい思いをするのだ。

近ごろは、アルチティス皇国で大規模な皇妃選定が行われている。国中の乙女たちが皇妃の座をめぐって熾烈《しれつ》な争いを繰り広げているが、リリーにとって王妃の座は、「あの玩具が欲しい」と子どもがねだるように言えば簡単に手に入ってしまうものだった。

（ああ……本当にいい気分。なんでもわたくしの思い通りになってしまうんですもの）

◇◇◇

お茶会当日。

ウェスタレアは馬車に乗り、会場となるペトロフ侯爵邸に向かっていた。

（困ったわ。夫人に関してほとんど情報を得られなかった）

ペトロフ侯爵家は、格式ある騎士家系。最近侯爵が若い娘を妻にしたそうだが、情報屋に依頼しても彼女に関する情報は一切出てこず、何か精神的な病気を抱えているとか、過去に犯罪歴があるとか、妙な噂《うわさ》だけは入ってきた。それでも、できることをやるしかない。

窓の外を眺めながら、頬杖を突く。皇都の街並みはいつも豊かで、大勢の人たちが行き交っている。人々が歩く靴音や声が時おり耳を掠めたりした。

するとある瞬間、往来の中にみすぼらしい少年を見つけた。彼は道の端で大柄な男性に腕を掴まれ、ひどく怒鳴られていた。少年が殴られたのを見て、ウェスタレアは御者に「止めて」と声をかけた。

馬車から降りて、すぐに少年の元に駆け寄る。すっかり怯《おび》えた様子の少年を庇《かば》うように立ち、男のことを睨みつける。

「あなた、子ども相手に暴力なんてやめなさい」

「邪魔だ退《ど》け！　そいつは泥棒だ」

「泥棒？」

少年の方を振り返ると、彼は皮袋の財布を握り締めていた。恐らく男のものなのだろう。

「それに俺の靴を踏みやがった！」

彼の靴は踏まれた跡が確かに残っていた。男は財布を返し、靴代を弁償するようにと迫っていた。しかも、弁償代は法外な金額だった。

ウェスタレアが財布を返すように言っても頑《かたく》なに首を横に振る彼。なぜ盗みをしたのかと尋ねると、少年は深刻そうな顔を浮かべた。

「妹の薬を買わなくちゃいけないんだ」

「……具合が悪いの？」

「朝から熱があって……」

少年は見たところ街の孤児のようだ。貧しくて、薬ひとつ買うことができないのだろう。

「ガキ！　いいから財布と靴代を渡せっつーんだ！　そこの女も退け。邪魔すんならお前も痛い目に遭わせるぞ！」

「財布はお返しするわ。でも靴代に関しては許してあげて。彼は貧しい孤児なのよ？」

「そんな事情なんて知らねーんだよ！　ならお前が代わりに払ってくれんのか⁉」

拳が振り上げられるのを見て、ウェスタレアは少年を思わず抱き庇った。殴られる――そう覚悟して固く目を閉じていたが、体に予想していたような衝撃はなかった。

「――そこまでだ」

代わりに聞き覚えのある声が降ってきて、ゆっくりと瞼《まぶた》を持ち上げると、レオが男の腕を掴んでいた。

「彼女に手を上げれば、お前は自警団行きだぞ。彼女は皇妃候補。――彼女への粗暴な振る舞いは、国家を軽視しているのと同義だ」

「皇妃候補……⁉」

男はびっくりし、慌てて腕を下ろした。レオは少年の前にかがみ、そっと話しかけた。

「盗ったものを返せ。そしてしっかり謝るんだ。妹を守りたいんだろう？」

「……う、うん。分かった」

子どもに対しては思いのほか優しい口調で、レオの意外な一面を垣間見た気がした。少年は財布を渡し、レオに促されながら謝罪をした。

「財布を盗って……足を踏んで、ごめんなさい」

憤慨していた男だったが、レオの仲裁のおかげで引いてくれた。

少年の腕から血が出ているのを見つける。殴り飛ばされて転んだときに石畳で擦《す》り剝いたらしいが今は、手当てするようなものを持っていない。しかし唯一、貴婦人に贈るためのハンカチを持っていることを思い出した。

「お前……そのハンカチは、皇妃選定で使う重要なものだろう？」

レオの呟きを聞きつつ、ウェスタレアはその大切なハンカチで、土や砂利が引っ付いて汚れた傷口を清めた。痛みに少年が身じろぐ。

「痛っ」

「我慢して。汚れがついたままにすると感染したり化膿《かのう》したりして大変なのよ」

「……大事なハンカチ、汚れたけどいいの？」

「そんなこと気にしなくていいの」

ハンカチを患部に巻き、簡単な手当てを終えたあと、少年はレオにも妹の体調のことを打ち明けた。

「早く妹のところに行かないと」

「ええ。分かっているわ。すぐにお医者さんに連れて行ってあげるから」

アルバイト先の薬屋のぽんこつ店主、ダニエルは曲がりなりにも名誉薬師で、医学の知識も豊富。薬が欲しいなら、彼のところに連れて行けばいいだろう。時計塔の針を見て、選考の時間が迫ってきていることを確認した。それでも、この少年を放っておくことはできない。少年を連れて行こうとすると、レオがため息を吐いた。

「コルダータ。……今日は二次選考だろう。その子どもに構っていたら遅刻するぞ」

「でも無視できない」

「お前は善人なのか悪人なのか分からないな」

「あら、今まで私のことが善人のように見えていたの？　分からない？　今もあなたが『代わりに俺が面倒を見るから』と言ってくれるのを待っているのだけれど」

　察しが悪い人ね、と付け加える。選考を控えていることを理解しているなら、そのくらい気を利かせてくれてもいいではないか、と暗にほのめかして。

「…………」

　レオはやれやれと肩を竦めて、妹を薬屋に連れて行く役を引き受けた。そして、馬車に戻ろうとするウェスタレアにひと言。

「俺の目には、お前は相当なお人好《ひとよ》しに見えるな」

「……別に、そんなんじゃないわ」

　ウェスタレアは素直ではないので、つんと澄ました顔を浮かべて背を向けた。


　時間ギリギリで、二次選考の会場であるペトロフ侯爵邸に到着した。屋敷の広い客間で、ウェスタレアは十人の候補者たちと顔を合わせた。みんな美しく着飾っていて、香水の香りを漂わせている。

　まもなく、豪華なお菓子が運ばれてきた。他の令嬢たちは喋《しゃべ》ることに熱心で、自分たちしかいないからとマナーなど関係なくお菓子を食べたが、ウェスタレアはただひとり、丁寧な所作で品よくそれらを味わった。

　まだ、貴婦人は部屋に来ておらず、だんだんと険悪な空気になっていく。

「ねぇあなた、辞退しなさいって言ってるでしょ」

「そ、それはできません！」

集まってから一時間ほど経ったあと。四人の令嬢がずっと揉《も》めに揉めていた。どうやら、ひとりの令嬢の兄が最近不祥事を起こしたらしく、その妹である彼女には、皇妃選定を受ける資格はないと責められている。足の引っ張り合いはどこにでもあるようだ。ひとりでもライバルを減らすために、彼女を責め立てて追い出そうと躍起になっている候補者たち。

「下級貴族家の分際で生意気なのよ、あなた」

「そんな言い方……っ」

ウェスタレアは傍観して静かにしていたが、追い詰められた令嬢が泣き出したのを見て、はぁとため息を吐く。

「――寄って集《たか》ってみっともないわね」

「「なっ……!?」」

「ひとりライバルが減ったところで、大した変化ではないわ。ここにいる全員が――敵。その中で自分が選ばれたいなら、自分をいかに魅せるかを考える方が有意義よ。今のあなたたちはとても醜い姿をしているわ」

鏡を見せましょうか、と挑発的に微笑みかければ、令嬢たちは真っ赤に顔を染めた。

ウェスタレアは手に持っていたティーカップを置き、すぅと目を細める。

「――なぜなら二次選考はすでに始まっているのだから。ね、ペトロフ夫人？」

一向に夫人がやって来ないのは、不自然にカーテンで仕切られた隣のサロンから、こちらを覗《のぞ》き見ているからだろう。お菓子を食べるときの所作、令嬢たちの会話をチェックしているのだ。

そう発言した直後、客間に隣接するサロンのカーテンが開く。奥のサロンから現れたのは、数人の侍女を伴ったまだ若い夫人だった。

「あなたには全部お見通しでしたでしょうか、コルダータ様」

「――！」

ペトロフ夫人として立っていたのは、見覚えのある娘。アルチティス皇国に来る途中、スリド王国でウェスタレアが助けた――脱走した奴隷ライラだった。

「どうして、あなたがここに――」

「お久しぶりです。その節は本当にお世話になりました」

ライラはその場で詳しい事情を話そうとはしなかった。ウェスタレアの頭に疑問符ばかりが浮かぶ中、お茶会は進行していく。

「今日皆さんとお会いするのを楽しみにしておりました。いつか皇妃になるかもしれないお方を公正に選ばせていただきます」

令嬢たちは先ほどの険悪な雰囲気と打って変わり、ひたすらライラに媚《こ》びを売って取り入ろうとした。ライラはふいに、ひとりの令嬢に嫌味を言っていた人たちに向けて言う。

「……今は侯爵夫人という地位がございますが、元は下級貴族家出身です。……私もこの地位にふさわしくないとお思いですか？」

「そ、そんな……滅相もございません！」

先ほどまでの会話をしっかり聞いていたのだろう。思わぬところでツケが回ってきた彼女たちは、かっと顔を赤くした。

「では、皆さんのハンカチを見せていただきましょうか。どんな刺繍を施されたのか楽しみです」

皇妃候補者たちは、渾身《こんしん》の一作を次々に見せていった。花だったり模様だったり、どれも素晴らしい出来栄えだ。ライラも楽しそうにそれを観察していく。そして、ウェスタレアの番がやってきた。

しかし、ウェスタレアは肝心要のハンカチを持っていない。少年の怪我《けが》を手当てするのに使ってしまったから。

「申し訳ございません。私のハンカチは今……手元にはございません」

すると、令嬢たちがざわめき始めた。今日はハンカチの刺繍を評価してもらうという名目のお茶会。ハンカチがなければ話にならない。

「先ほど偉そうなことを散々おっしゃっていたのに、ハンカチひとつ用意できないとは情けない……」

「あなたこそ、この神聖な選考の場にふさわしくないのでは？」

ウェスタレアへの揚げ足取りが口火を切り、失格にした方がいいという話が上がる中、ライラがすっと手を挙げた。同時に侍女が、後ろから布が被《かぶ》った板に乗せたハンカチを持ってくる。

「コルダータ様のハンカチはすでにこちらに預かっております。さぁ、私に紹介してください」

侍女に差し出されたハンカチは、確かにウェスタレアのものだった。少年の血がついて汚れていたはずなのに、綺麗に洗ってある。まだ湿っているので、誰かが洗ってくれたのだろう。ウェスタレアのハンカチを見るやいなや、候補者たちは、その見事な完成度にすっかり黙ってしまった。

(どうしてここにハンカチが……?)

すると、ウェスタレアの疑問を察したかのようにライラが続けて言った。

「実はこのハンカチ、少し前に小さな男の子が届けてくださったんです。怪我の手当てに使ってくれたけれど、大事なものみたいだから返します……と」

その少年は、ウェスタレアが助けた子なのだろうと直感した。彼はコルダータがこの屋敷にいることを聞きつけ、道行く人に場所を訪ねながら走ってきてくれたらしい。

「私がハンカチを受け取りたいのは——コルダータ様です。あなたをペトロフ侯爵大人として、次期皇妃に推挙いたします」

ライラの選択に、もはや誰も反論しなかった。

「選んでいただいたことを後悔させないように、精一杯努力いたします」

ウェスタレアは少し湿ったハンカチを、ライラに渡すのだった。


「ありがとうございます。……私を選んでくださって」

「敬語はどうぞおやめください。あなた様は命の恩人。私にとって敬うべきお方です」

「……あなたがそれを望むなら。分かったわ」

話を聞くと、ライラは元々下級貴族の令嬢で、ペトロフ侯爵と恋仲だった。身分差があるため結婚はライラが断っていたが、ライラが行方不明になって帰ってきたことで侯爵は大層喜び、彼女も勇気を出して結婚に踏み切ったという。侯爵夫人は心の病や犯罪歴があるという噂だったが、犯罪に巻き込まれた過去が実際と異なる形で伝わったのだろう。

スリド王国で彼女に貸したお金も丁寧に返済された。返してもらうつもりはなかったのだが、律儀な人だ。

「ひとつ誤解しないでいただきたいのですが、私はコルダータ様に恩があるというだけで決めた訳ではありません。そうでなくても選んでました」

選考は、礼儀作法やマナー、人柄、美しさなどを総合的に見るのだと続ける。

「全てを評価した上で、コルダータ様は最も優れていらっしゃいました」

「……ありがとう」

すると彼女は、そうだ、と手を合わせて一通の手紙をこちらに渡してきた。中身を読んでみると、それは三次選考の夜会の招待状だった。三次選考は、候補者十人が集まり、推薦人とともに皇帝の母親である皇太后主催の夜会に出席する。そこで社交ダンスや礼儀作法、振る舞いを彼女に審査され、最終選考まで進ませるか判断される。

そして、最終選考はルシェンテ宮殿にて、皇帝の御前で問答を行う。

「それにしても、不思議な縁ね。偶然あなたが私の審査員になるだなんて」

「……偶然ではありませんよ」

「え……？」

アルチティス皇国に戻ってからというもの、ライラは恩人であるウェスタレアのことを探していた。本気で会えるとは思っていなかったが、もしもう一度会えたら借りていたお金を返して礼がしたかったらしい。

「ある社交界の集まりの日でした。コルダータというお名前の恩人を探していると言ったところ、皇太子殿下が心当たりがあるとおっしゃったんです。そして、皇妃推薦人の資格を与えてくださいました。コルダータ様に恩をお返しする機会を与えてくださったのは――皇太子殿下なんです」

しかし、ウェスタレアは皇太子と面識はない。なぜ、と首を傾げる。

「皇太子殿下は……私を知っているということなの？」

「お知り合いではなかったのですか？　随分と親しい相手を語るようなご様子でしたが……」

ライラが審査員になるように采配したのは皇太子だった。けれど、彼がウェスタレアを気にかけてくれるような理由に心当たりがないし、そもそも会ったことすらない。知り合いが少ないウェスタレアと面識があるのは、この国ではバイト先のダニエルに、街の人たち、ペイジュ、それから――レオくらい。

（一体……どういうことなの？）

ウェスタレアは頭に疑問符を浮かべるしかなかった。

二次選考のお茶会が終わり、ライラから受け取った王宮からの書簡を手に屋敷を出ると、門の外でレオがひとり待っていた。

「――終わったか。結果は？」

「通過したわ。それより、あの男の子の妹さんは？」

　彼は決まり悪そうに続けた。妹は重度の栄養失調で、一時的に治療したところで根本的な解決にはならないのだ――と。彼女に必要なのは薬ではなく、十分な食事だった。少年やその妹のような境遇の子どもたちは、他にもいくらでもいる。それが孤児の窮状なのだ。ウェスタレアにはどうしてやることもできない。

「……そう。でもダニエルさんのところに連れて行ってくれてありがとう。一時だけでも、あの子どもの心は救われたはずよ」

「情けない話だ」

「え……？」

「民の窮状を目にしても、何もしてやることができないとは」

「あなたの責任ではないわ」

「ああ。――ひとえに皇家の力不足だな」

　レオは、ひどく悔しそうな顔をしていた。まるで自分を責めるように。

　貧困や身分格差があるのは仕方がないことだが、ウェスタレアも理不尽を目の当たりにするとやるせなくなるし、彼もまた同じ気持ちなのだろう。

「レオがあの子を薬屋に連れて行ったように……私たちはそうやって、手の届く範囲で人々を助けていくことしかできないわ」

「…………」

どこか自信がなさそうな顔をするレオに、微笑みかけるウェスタレア。

「……ねぇ、少し付き合ってくれない？」


レオを連れて再びアルバイト先の薬屋に行く。

「コルダーダちゃんいらっしゃい。そのお連れさんはさっきの……」

怪しげな風貌の店主ダニエルが、レオの姿を見て意味深な表情をする。ちょっと待っていてくれと店の奥に消えたかと思えば、緑色の液体が入った瓶を持ってきて、ウェスタレアだけ店の隅に呼び出す。

「あの男前は、コルダーダちゃんのコレかい？　嬉しいよ。君は隙がなくて男が寄ってこないんじゃないかって心配してたからね」

親指をぴこぴこと立てて恋人ができたのかとからかってくる。

「ち、違います。ただの友人ですし、そんな心配していただかなくて結構ですから」

「あー分かった分かった。そういうことにしておこう。とりあえずこれ、受け取っておきなさい。なに、料金は要らない。いつも世話になってるからね」

「なんですかこの怪しすぎる液体」

「――惚《ほ》れ薬だよ」

そういえば以前、大釜で惚れ薬なるものを作っていて液体が爆発したことがあった。いたずらを企む子どものような顔を浮かべる店主に無言で小瓶を突き返す。

「要りません！　どうせ飲んでも飲まなくても変わらないですし」

飲んでも飲まなくても変わらない、と評価されるこの店。ダニエルはすっと半眼を浮かべる。

「……それ、君も言っちゃう？　うちで働いてるのに」

「事実ですから。そんな薬はいいですから、欲しいものがあるので普通に買い物をさせてください」

「何の薬草が欲しいんだい？　最近、爪が三倍の速さで伸びる薬を手に入れて――」

「自分で探すのでお構いなく」

ウェスタレアはカウンターの奥に入り、自分で棚の中を探し始めた。


いくつかの薬草を組み合わせて購入し、彼に渡した。店の近くに湖があり、水辺のベンチに腰を下ろす。二人で目の前に広がる湖面を眺めた。この薬草は睡眠を改善する効果があるから煎じて飲むように――と伝える。レオの目の下にはクマができていた。初めて会った日は暗がりでよく見えなかったが、彼は時々うっすらとクマができているように見える。

「毒ではないよな？　その……全身から羽毛が生えてくるとか」

「残念、生えてくるのは角よ。頭からね」

両手の人差し指を額に立てて角を表現すれば、彼は呆れ混じりの半眼を浮かべた。

「………」

「冗談よ。毒ではないから安心して」

「お前は毒以外の薬学にも心得があるんだな」

そう感心する彼に、眠れていないのかと聞く。

「もう慣れた。不眠症というやつだろう」

よほど、精神的なストレスを抱えているのだろうか。心配になったウェスタレアは彼の腕をそっと引いて、膝の上に寝かせた。

「少し、休んで。お顔色がよくないわ。水の流れる音を聞きながら目を閉じて、深呼吸するだけでいい。少しは疲労が回復するから」

「ふ。俺を心配してくれるのか？」

「まさか。不法入国を口外させないように恩を着せたいだけ」

「まぁ、そういうことにしておこう」

レオはどこか楽しげに、ふっと頬を緩めた。

本当は、レオがウェスタレアの秘密を守るつもりでいてくれるのだと分かっているし、信用している。

本気でピアスを奪うつもりならできるはずなのに、そうしないのは意思がないからだろう。もうピアスを返してしまってもいいのではないかと思ったりもするが、手放す気にはなれなかった。

――レオとの繋《つな》がりがなくなってしまう気がして。彼といると楽しいし、自然体でいられる。ただ話しているだけで、心が安らぐのだ。

「最近……つい足が皇都に向く。偶然どこかでお前に会えないかと。お前が嫌がるならもう来ない」

「……嫌では、ないわ」

「そうか。……ならよかった」

「だがお前が皇妃になれば、もう会うことはできなくなるな」

「………」

皇妃になれば、活動も制限される。それに、皇太子の妻という立場がある以上、他の男と親しくするような不義理を働くことはできない。

レオはこちらを見上げながら言った。

「考えたことはあるか？　見知らぬ男と結婚するのが、どんな辛いことか」

「……皇妃になれるのなら、受け入れるわ。それにもしかしたら、素敵な方かもしれない」

「いや、皇太子はろくでもない男だ。冷酷で、多くの者を傷つけた」

「まるで皇太子殿下をよく知っているような口ぶりね」

「…………」

ウェスタレアは空を見上げた。

彼の言う通り、何度も考えたことがある。全く知らない相手に嫁ぐこと。不安だし、怖くもある。もし嫌な相手でも、一生涯尽くしていかなくてはならないのだから。

それでも捨てられないのだ。皇妃への憧れを。幽閉されていたころの努力が報われてほしいと思う気持ちを。妃になる以外の生き方を、少しも想像できないのだ。

「人生とはままならないもので……。時々、ひどい理不尽に遭ったり、不安になるような出来事が起こります。誰もが自分の中の弱さと向き合いながら進んでいかなくてはならない。それでもね、人生は決して、捨てたものではないとも思うの」

どんな絶望の渦中にあっても、それと同じくらい、いやそれより遥かに大きな希望が一緒に与えられるものだ。絶望の色が濃すぎるあまりに、見えていないだけで。

ウェスタレアは、懐かしい記憶を思い出しながら続けた。

「以前あなたも言ってくれたけど、私の旧《ふる》い友人が同じことを言っていたわ。――努力は何らかの形で必ず実を結ぶって。だから大丈夫。あなたが何に悩んでいるのか分からないけれど、いつかうまくいく。応援しているわ」

「旧い友人……か」

「ええ。今はどこで何をしているかは分からないけれど、孤独だった私を励ましてくれた友達……なの」

さっと懐から毒針の武器を取り出してかざし、液体の注がれた透明な筒を傾ける。陽の光を反射して繊細な輝きを放つ毒薬を眺めながら、懐かしさに目を細めた。毒薬を学ぼうと思ったのも、あの少年の言葉がきっかけだった。

「きっとその友は、今もお前のことを想い、応援しているだろう」

「もうとっくに私のことなんか忘れているわ。だって、会ったのはもう随分昔だし」

「友というのは、どんなに離れていようと、何年会わずとも、親しくいられる存在なんだ。知らないか？」

それは、離宮に迷い込んだ少年が言ったのと一言一句違わぬセリフで。

『友というのは、どんなに離れていようと、何年会わずとも、親しくいられる存在なんだ。知らないか？』

『知らないわ。だって私……友達が少ないから』

どきっと心臓が跳ねる。そのやり取りをした記憶が鮮やかに蘇《よみがえ》り、口をついたように返した。

「し、知らないわ。私は……友達があまりいないから」

「そうだな。なら覚えておくといい」

彼はそっと目を閉じた。次第に身体の力が抜けていき、ウェスタレアの膝に頭を乗せたまま寝息を立て始めた。眠っていたら子どものような顔で。

「――おやすみなさい。レオ」

顔にかかった髪を退け、そっと囁きかけた。髪で隠れていた肌があらわになると、剣で斬《き》られたような傷ができていた。かさぶたになりかけているが、また新しい傷だ。

彼はどこかから度々街に来ている。皇家に仕える仕事をしていることを以前ほのめかしていたが、恐らく人と戦うような場面があるのだろう。いつも帯剣しているし、彼の手の皮膚は何度もマメができて潰《つぶ》れたせいで硬くなっている。ペイジュと同じ、剣士の手だった。

ふと視線を湖に移す。

湖面はせせらぎ、小さな鳥が羽ばたいている。木の葉っぱが揺れる穏やかな音が、鼓膜を揺らした。

皇太子はよく視察にあちこち出かけていて、剣の達人と聞く。年齢もレオと同じくらい。見た目の特徴も完全に一致している。不審な点はいくつもあった。

皇太子は、ライラをコルダータの推薦人に選んだ人。関わりもないのに、なぜ手助けをしてくれたのかと疑問に思っていたが、ここで初めて、点と点が繋がる感覚がした。

「皇太子殿下の名前はレオナルド・オレンシア。それが、あなたの名前……？」

目の前で眠る彼は……皇太子なのではないか。そして、コルダータとして会うよりもずっと前に、離宮で会ったことがあるのではないか。

◆◆◆

レオナルドは久々の心地のよい眠りの中で、懐かしい夢を見ていた。何年も昔、レオナルドがまだ少年だったころ。

外交使節に同行し、ルムゼア王国王宮に来ていた。予想通り和平交渉は失敗したが、もう毎度のことだ。退屈な王宮を抜け出して庭園をふらふらと歩いていたら迷ってしまい、敷地の中で隔離された離宮に辿《たど》り着いた。

「――あら。珍しいお客さん」

そこにいたのは、白銀の髪をした可憐な少女だった。造形だけではなく、凛とした雰囲気があり、中身から美しい人なのだと直感した。誰かに見蕩《みと》れるのは初めてのことで、一瞬、呼吸の仕方を忘れた。身体に電流が走るような感覚がする。

美しい人なら、王宮に招かれる踊り子たちや令嬢を見て見慣れているはずなのに、彼女は何か違う。美しいものを見たときの感動だけではなく胸の奥がきゅうと切なく締め付けられるような、そんな感じがする。

つい魅入って立ち尽くしていたら、彼女はふっと笑った。レオナルドは気まずくなって目を逸らす。

「……庭を歩いていたら、迷ってしまって」

「ここは次期王妃が暮らす離宮。関係者以外は足を踏み入れることが許されない場所。あなたみたいな子どもでも、バレたら即懲罰房入りよ？　まぁ今ここには私しかいないから、見つかることはないでしょうけど」

どうやら彼女は、レオナルドが異国の皇族であることに気づいていないらしい。

次期王妃が幽閉された話は、噂で何度か聞いたことがある。王太子の婚約者ウェスタレア・ルジェーンは、適性のある王妃を育てるという名目で離宮に閉じ込められたのだという。

ウェスタレアは、木に囲まれ誰も立ち入らない孤独な場所で、厳しい教育を受けていた。

『隠された令嬢』と呼ばれるウェスタレアは、確か真っ赤な髪をしていると聞くが、目の前にいる少女は、絹のような白銀の髪をなびかせている。

「……赤髪ではないのか？」

「いつも染めているの。白銀の髪はこの国では蔑視されるから。染め直そうと思って洗い流したところに、ちょうどあなたが来たという訳」

「なるほど。難儀だな」

ウェスタレアは髪を一束すくい上げながら呟いた。

(白銀の髪が蔑視されるなど、初めて聞く話だ)

せっかく綺麗な髪をしているのにもったいない、という言葉は喉元で留めておいた。

「あなたは……侵入禁止の離宮に足を踏み入れ、その上王太子の婚約者の秘密を見てしまった。だから……」

「だから……?」

彼女はずいとこちらに歩み寄り、鋭い目付きで見てきた。レオナルドは何を言われるのかと固唾《かたく》を飲む。

「ただでは帰さないわ。私の言うことを聞いたら、あなたの罪を見逃してあげる」

「……わ、分かった」

レオナルドが不祥事を起こせば、母国にも迷惑がかかる。だから、彼女の言うことを聞くしかなく、しぶしぶ頷いた。

(面倒なことになったな……)

腕を引かれ、「少し手伝ってちょうだい」とどこかに連れて行かれる。辿り着いたのは、屋根のついたガゼボ。床がところどころ血のような赤い塗料で汚れている。ウェスタレアは赤い染料と道具を一式持ってきてテーブルに広げた。

手伝わせようとしているのは、髪染めのことだったらしい。手前の方はうまく染められるが、後ろはよく見えなくてムラができてしまうのだと説明された。人の髪を染めたことも、異性の髪に触れたこともないレオナルドは、戸惑いながら彼女の髪に赤い染料を染み込ませていった。

「いつもひとりで過ごしているのか？」

「先生が何人かと、食事を運んできたり家事をしてくれる人もいるわ。でも……気を許せる相手はいない。そういう意味ではひとりね」

「……辛いな」

　政治争いに巻き込まれてしまった少女に、レオナルドは同情的だった。

　レオナルドも、いつも孤独だった。気を許せば誰かに足をすくわれる気がして、己で孤独を選んだのだ。皇太子としていつか国を背負っていく覚悟はあるが、王にはなりたくなかった。自由を望むレオナルドには、国家に束縛された地位は窮屈でしかないから。

「俺にも立場がある。だが……自分の務めを果たす自信がない」

「誰だってそうよ。先が不安になって、逃げ出しそうになるときがある。けれど私たちはただ、与えられた環境下でやれることをやるしかないのよ。足掻き続けていたら、いつかすくい上げてもらえる瞬間があると信じて」

「君の望みは？」

「素敵な王妃になることを夢に見てる。……今のままでは、生きていて誰の役にも立っていない感じがするの。それがとても辛い。耐えがたいくらいに」

「その努力は、やがて何かの形で実を結ぶ。君はよい王妃になれるだろう」

「……！　……ありがとう」

そう言って目を細めた彼女が、あまりにも儚《はかな》くて、眩《まぶ》しくて、また胸がぎゅっと切なく締め付けられた。

（なんだ……この気持ちは）

ウェスタレアはすでに多言語を習得しており、ピアノ、バイオリンに裁縫まで幅広い素養を身につけているとか。そして、日々のたわいない話を沢山聞かせてくれた。

今日は久しぶりに、王太子や親以外に髪を染めない素の姿を他人に見られたとウェスタレアは笑っていた。

「――今日ここで見たものは、全てお忘れに」

帰り際、すっと口元に人差し指を立てる彼女。

「ああ、分かっている。君のことは誰にも口外しない」

「ありがとう。ここをまっすぐ進めば、本宮に戻るわ」

「……」

たったの数時間、取るに足らない話をしただけなのに、居心地がよくて、楽しくて仕方がなかった。こんなに誰かとの別れを惜しんだことはない。もう少し傍にいたい。もっと色んな話がしたい。

――もっと彼女のことが知りたい。

でもウェスタレアはルムゼア王国の次期王妃。心を通わせたいと願ってはならない相手だ。

「楽しい時間をありがとう。もう会うことはないでしょうけど、どうか……お元気で」

それなのに、こちらを見送る彼女が寂しそうに笑ったのを見て、こんな言葉が口をついて出た。

「俺が――ここから出してやろうか」

「え……あなた、何を……」

「今は無理でも、いつか必ず。この国を出れば、君を苦しめようとする者は誰もいないし、自由になれる」

「ば、馬鹿ね、次期王妃を誘拐するなんて、大逆罪よ。冗談でも軽々しく言っては駄目」

　動揺を隠し、冷静な口調で諭すウェスタレア。

「その罪も背負う。俺は本気だ」

「……！」

　このときはまだ、子どもだったのだろう。敵国の皇太子として、非常識で、ありえないことを言っている。けれど、気持ちが昂《たかぶ》り抑えられなかった。ひとりぼっちの彼女を救い出してあげたくて。力になりたくて。自分の立場のことさえ頭からすっかり消えてしまったのだ。

　すると突然、彼女はわっと泣き出した。初めて会ってからずっと澄ました顔をしていたのに、綺麗な顔を歪《ゆが》ませ、声を漏らしながら泣く。少女の涙に狼狽《うろた》え、レオナルドは慌てて肩を擦《さす》った。

「す、すまない。無責任なことを言って、怒らせたか？　泣かないでくれ。……女性が泣いているところを見るのは苦手なんだ」

「そうでは、ないわ。ただ、嬉しくて……っ。今まで誰ひとりとして、この鳥籠《かご》から私を出そうなんて言ってくれる人は、いなかったから……っ」

「……………」

その場にうずくまって小さくなりながら泣く彼女を、そっと上から擦《さす》る。ひとしきり泣いたあと、彼女は困ったように言った。

「私は王妃になりたいの。だから、あなたに連れ出してもらう気はないわ。でもありがとう。その気持ちがとても嬉しかった」

「……そうか」

はっきりと断られたレオナルドは、気持ちを心の奥にしまいこみ、今日の出来事は思い出にしようと笑顔を向けた。

「ずっと──応援している」

いつか彼女が王妃になりどこかで会ったとき、実は敵国の皇太子でしたと打ち明けたら、どんな反応をするだろう。無謀で、馬鹿な人だと笑ってくれるだろうか。きっとそのころにはレオナルドと過ごした時間のことなど忘れているに違いない。

だが、レオナルドにとってはこれが一目惚《ぼ》れであり──初恋だった。

◆◆◆

「ん……」

夢から覚めて、瞼を持ち上げれば長い白銀の髪が視界に映った。初めて会ったとき、虜《とりこ》になった少女の成長した美しい姿が目の前に。紫の双眸《そうぼう》と視線がかち合う。

「――よく眠れた？」

「ああ。久しぶりにな」

コルダータの膝を枕にして眠ってしまったらしい。レオナルドを起こさないように彼女はずっと付き合ってくれていたようだ。皇太子という重圧で、ひどい不眠症に悩まされていたが、彼女の傍だと安心してよく眠れた。

（ただ、お前が生きていてくれるだけでよかった）

非業の死を遂げたウェスタレアを哀れに思っていた。でも何の因果か、彼女はコルダータという名を名乗ってこうしてまた目の前に現れた。初めて会ったときに、もっと話したい、知りたいと願ったのが、時を経て実現したのである。ままならないことばかりの人生でも、時々こういう奇跡が起こる。

白銀の髪をひと束手ですくうように撫でる。彼女もそれを拒まない。

「気持ちが良さそうに眠っていたわ。どんな素敵な夢をご覧に？」

「――懐かしい夢を見ていた。……孤独な姫の夢だ」

自分は一度、ルムゼア王国の隠された令嬢に会っているのだと打ち明ける。コルダータははっとし、目を見開いた。目の前にいる男と十年ぶりの再会であることに気づいたのだろう。

「……ウェスタレア・ルジェーンは悪女です。国家を裏切り、尊い王女様を殺そうとしたのですから」

「俺は彼女を悪人だと思ったことはない。彼女は気高く、崇高な心を持った――最も王妃にふさわしい女性だったと思う」

「…………！」

彼女があのときかけてくれた言葉に自分は励まされた。レオナルドが知るウェスタレアは、ひとりぼっちの離宮で、夢を叶えようと足掻いていた、健気でどこにでもいる普通の少女だった。

「彼女の最期は悲惨なものだった。愛していた民衆から罵声を浴びせられ、石を投げつけられ、親友だと思っていた人に嘲笑され、毒杯を飲み干したのだから……。あまりにも報われない死だわ。でも――」

コルダータは困ったように笑った。

「そのお言葉が、彼女にとって何よりもの救いになるでしょう」

「……届くだろうか、彼女に」

「ええ。届くわ」

コルダータの正体が、毒杯を飲んでなお生き抜き、国を逃げてきたウェスタレアだと気づいている。でも、彼女が過去を捨てて足掻いているのだから、気づいていないフリをしていくつもりだ。

そっと半身を起こして、おもむろに呟く。

「彼女は……俺の初恋だった」

「へ!?」

鳩《はと》が豆鉄砲を食ったような顔をする彼女。その反応がなんだかおかしくて、小さく笑う。

頭上を見上げると、ベンチの上に藤棚があり、小さな花を見事に咲かせている。藤の花は百年ほど前、観賞用として、敵対する前のルムゼア王国から持ち込まれたものだ。手を伸ばすと、紫色の花が手のひらに落ちた。

ウェスタレアは藤を意味する名。気高く美しい花をいつまでも見上げて、愛《め》でていたいと思う。

レオナルドの心は昔も今も、この美しい藤の花に囚《とら》われたまま――。

◇◇◇

（レオはどうしてあんな話を……？）

ウェスタレアは先日のレオの話について、考えあぐねていた。どうしてウェスタレアに、ルムゼア王国の隠された令嬢と会った過去のことを話したのだろうか。それに彼は、ウェスタレアの本当の髪色を目にしている。まさか、『コルダータ』の正体に気づいているのではないか。そんな疑念が頭に浮かんで離れない。それに……。

（まさか私が、レオの初恋だった……なんて）

ソファでひとり、赤くなった顔を手で覆う。

よく覚えている。幽閉されていた離宮に少年が迷い込んできた日のことを。年不相応の大人びた憂いを感じさせ、自分に自信がなさげな少年だった。名乗らずに帰ってしまったし、顔もよく思い出せなくなっていたが、あの少年は、レオだった。

彼と言葉を交わしたとき、拙《つたな》いルムゼア語を聞いて異国人なのだと思い、きっと異国の貴族や外交官の子どもなのだろうと予想した。同じ年頃の子どもというのが物珍しく、すぐに追い払わずに離宮に招き入れたのだ。

　ウェスタレアはピアスを外して眺めた。彼と自分を繋ぎ止めてくれたもの。

（昔も今も、彼に励まされ続けていた。レオがいなければ、今の私はいない）

　会えば小競り合いばかりしているような仲だが、そのひとつひとつが楽しくて、一緒にいると安心する。それに、離れているときも彼のことをいつの間にか思い出したり、会いたくなったりするし、彼のことを考えていると、なぜか胸が高鳴る。

（私は、レオのことが……）

　ピアスを眺めながら、唇を動かす。

「す――」

　その感情を表現するには最もふさわしい二文字を呟きかけたとき、上から声が降ってきた。

「またそのピアスを見ていらっしゃるんですか」

「きゃっ⁉　……ペイジュ」

　後ろからペイジュがひょっこりと顔を覗かせた。

「驚きすぎでは？　今何をお考えになっているか当てましょうか。あの男のことでしょう」

「…………」

　ウェスタレアは沈黙で返した。しかしその反応では、『図星です』と言っているのと同じだ。ペイジュが困ったように小さく息を吐いた。

「もしあの怪しげな男に対して情を抱いていらっしゃったとしたら、主が辛くなるだけです。一時の思い出として割り切れないのなら、もう会うべきではありません」

「もしも私が、あの人のところに嫁ぐとしたら？」

「え……それは、どういう……」

ウェスタレアはおもむろに分厚い本をテーブルの上に置いた。それは、この国の貴族の紋章図録。

この国では普通、貴族は紋章登録を行い、紋章を身分証として使う。よって、図録を見ればすぐに紋章と家門を紐《ひも》付けることができる。そしてアルチティス皇国では、皇族のみ『個人』を示す紋章を保有することを許されている。馬と剣を紋章に使うのを許可されているのは、身分階級の頂点――皇家オレンシアだけだ。そこに国花であるバラを加えて描いてあるのが、レオのピアスの紋様だった。

（そう。やはり彼は……）

ウェスタレアはあるページに描かれた紋章を指で指し示す。

「この紋章、ピアスと同じだ。つまり……」

あの紋章はまさに、次期皇帝の証し。皇太子が使用しているものだった。この耳飾りひとつで、機密文書が集まる宮殿書庫に出入りができてしまうし、多額の金を動かすこともできてしまう。取り返そうと躍起になるのは当然のことだ。ペイジュとウェスタレアは顔を見合わせる。

「あのお方が――皇位継承権第一位、レオナルド・オレンシア皇太子殿下だということ」

「……!?」

レオは、この国の皇太子であり、離宮に迷い込んだあの少年で間違いない。

昔に彼が、離宮からウェスタレアを連れ出そうとしてくれたことは、今も心の柔らかい場所に残っている。

今思えば、皇太子である彼が敵国の次期王妃を攫《さら》おうだなんて、無謀で、恐れ知らずなことを口にしたものだと思う。幼いながら、ウェスタレアを助けるために罪を背負うことをいとわなかった。

一方のウェスタレアも、王妃になることに執着していたのに、ほんの少しだけ、彼の手を取って付いていきたいと思ってしまったのは……内緒だ。

◆◆◆

エリザベート・レインはアルチティス皇国の公爵令嬢だ。見た目も美しく、勉強もできて様々な素養もあった。世間では、この国一の皇妃候補なんて言われてもてはやされてきた。……なのに。

（わたくしが二位……なんて）

皇妃選定一次の結果は二位だった。結果通知の紙をぐしゃっと握り潰す。エリザベートは父があらかじめ手に入れてきた問題文を先に見ており、余裕で首席になるはずだったのに。まさか、不正している自分より良い成績を修める者がいるなんて予想外だ。

エリザベートを差し置いて首席になった候補者の名前は、コルダータ。初めて聞く名前だが、異国出身の爵位も持たない一般人だった。一般人ということは、エリザベートのように不正はできず、実力でその点数を取ったのだろう。怪しげな薬屋で働いて生計を立てながら皇妃選定を受けているとか。

騎士に彼女を尾行させると、とりわけ美しい付き人と同居しており、自分で家事もしながら一般庶民として暮らしていた。

（……皇妃選定を舐《な》めておりますの？　わたくしは子どものころから皇妃になるために努力して参りましたのに……）

下唇を噛《か》むエリザベート。

白銀の髪をしている娘だと聞いて、一次選考の会場で会った美しい女性のことを思い出した。明らかに他の娘たちと雰囲気が違い、つい何者かと思って声をかけると、彼女もコルダータと名乗った。

そこで彼女を危険に思い、二次選考で彼女を落とすために、レイン公爵家の息のかかった貴族家に審査させるように画策したが、何者かに邪魔されて失敗した。結局選ばれたのは、ペトロフ侯爵夫人というぱっとしない田舎の貴族で、ウェスタレアはまたしても駒を進めた。

しかし、心配することはない。最終選考での票は少なくとも二票はエリザベートに決まっている。最終選考の投票は、皇帝と皇妃、皇太子、皇女、皇子の計五名で行われるのだが、皇女と皇子はすでに取り込んである。

エリザベートは以前、皇女が想い人を手に入れるために仲介したことがあった。相手は婚約者がいる上位貴族の令息で、皇女との浮気が原因となり婚約破棄になった。その経緯を知るエリザベートに、彼女は逆らうことなどできまい。

皇子もレイン公爵家に多額の借金があり、頭が上がらない状態。まかり間違っても、エリザベート以外の令嬢に票を入れることはない。これで、あとひとり誰かが票を入れたら、エリザベートが皇妃だ。

（皇妃になるのはわたくし。――あのお方のお傍にいるのは、わたくしよ）

エリザベートはレオナルドを恋い慕っていた。別に、皇妃になりたい訳ではない。むしろそっちはおまけみたいなものだ。ただ、レオナルドの傍にいたいだけ。あの人が振り向いてくれることがなくたって、傍に別の女性がいるなんて考えられない。

皇宮図書館に来るという口実で、度々ルシャンテ宮殿に訪れているのは――偶然を装ってレオナルドに会うためだ。

宮殿の廊下で目の前を通りかかったレオナルドに、深く頭を下げる。

（……今日はレオナルド様にお会いできた）

こうしてたまたま廊下で姿を見かけても、会釈することしかできない。でもそれで構わないのだ。

（今日も素敵ですわ。毎日お忙しそうだけれど、ご無理はなさっていないのかしら。きちんと食事を召し上がって、眠れていらっしゃるのかしら）

いつも涼し気な表情をしているが、忙しくて休みがあるのか心配になる。彼はよく目の下にクマを作っているから。

レオナルドが通り過ぎるまで、お辞儀したまま待つ。気持ちが高揚し、緊張で脈拍が加速する。もちろん、話しかけられることはない。そう思っていたのに――。

「エリザベート嬢」

「ひゃっ⁉」

まさか話しかけられるとは思っておらず、変な声が出てしまう。かっと顔が熱くなるが、彼は嫌な顔をしなかった。

「驚かせてすまない。急に話しかけて配慮が欠けていたな」

「い、いえ。とんでもございませんわ。……わたくしに何か御用でしょうか」

「いや、選考の一次を通過したと聞いたから声をかけただけだ。おめでとう」

レオナルドから祝いの言葉をかけてもらえて、ますます頬が赤くなってしまう。

（まさか、レオナルド様に祝っていただけるなんて……幸せ）

「……とでも言うと思ったか？」

「へ？」

すっかり舞い上がるエリザベートだったが、彼のひと言でどん底に叩きつけられる。

「――不正をしてまで、外戚権力が欲しいのか？　お前たちレイン公爵家は」

「――っ！」

レオナルドはエリザベートの不正を見抜いていた。そしてエリザベートを皇妃に据えることが、レイン公爵家の意向だということも知っていた。確かに父は外戚権力を欲しているが、エリザベートが皇妃になりたいのは、家の方針と無関係だ。『悪の貴族』とも囁かれるレイン公爵家を、彼は目の敵《かたき》にしている。父親は確かに、悪名高く狡猾《こうかつ》な人物だが、エリザベートは父親ほどの悪人ではない。

（違う。ただわたくしは、レオナルド様に近づきたくて……）

舌先まででかかった本音を飲み込む。レオナルドは冷めた眼差しでこちらを見下ろして告げた。

「二次選考はライバルを落とすために手を回していたようだが、俺が思い通りにはさせない。——最終選考も、皇女と皇子を除いた三名で厳正に行う。それがオレンシア皇家の意向だ。卑怯《ひきょう》な真似をして通用すると思うな。父親にもそう伝えておけ」

彼はそれだけ告げて去っていってしまった。

（……そのような言い方、あんまりですわ）

コルダータを落とすために手を回していたことが、レオナルドに知られていたなんて。皇女と皇子がレイン公爵家に頭が上がらないことも彼はとっくに把握済みだった。レオナルドはこの国の情報に精通しており、なんでも見通している。怖いくらいに。

それに、レオナルドが直々にコルダータの二次選考の審査員となる貴婦人を采配したようだ。

（なぜ……レオナルド様はあの女に肩入れなさるの？）

レオナルドが過ぎ去ったあと、エリザベートは立つ力を失って倒れ込んだ。侍女に支えられながらようやく帰宅できたのだった。

しかし後日。またしてもエリザベートは絶望の底に叩きつけられる。

馬車での移動中。皇都の片隅でひと組の男女を見かけた。湖のほとりのベンチで、男が女の膝を借りて眠っている。しかし、窓を開けてみて、すぐに分かった。あの二人は——コルダータとレオナルドなのだと。

いつの間にか二人は心を通わせていた。

コルダータがレオナルドの頭をそっと撫でたのを見て、嫉妬心が雷電のようにびりびりと駆け巡った。エリザベートはスカートをぎゅっと握り締め、唇を噛んだ。

（憎い……っ。わたくしの方が、長く慕っておりますのに。憎い、憎い……！）

第4章　悪女は奔走する

三次選考の二日前。またしても事件が起こる。

夜会で着るためのドレスが屋敷に届いたのだが、箱を開けてみてびっくり。ドレスは何者かによってズタズタに切り裂かれていて、ドレスとしての原形を留《とど》めていなかった。ラッピングが剝《は》がれかかっていたので、配送途中に誰かが故意にやったとしか考えられない。

「ひどい……」

ペイジュがそう声を漏らす。しかしウェスタレアは、声さえ出せなかった。

ドレスの残骸を震える手で拾い上げて観察してみる。布バサミが使われていて、綺麗《きれい》に切られていた。

ペイジュは、一体誰がこんなことを、と首を傾《かし》げていたが、ウェスタレアにはおおよその予想がついていた。皇妃候補十人のライバルの誰か――としか考えられない。

布切れをぎゅうと握り締める。当日までに新しいドレスを仕立てさせるのは無理だ。ウェスタレアは平均的な女性より背が高く細いから、合うドレスは簡単には手に入らない。他のドレスで代用をと思っても、皇族の集まる夜会で、適当な身なりをしていればただの恥晒《はじさら》しになるだけだ。

――どうしたものか。ルムゼア王国にいたころならば、替えのドレスはいくらでも用意できたのに。

頭が真っ白になり、手や足の感覚が消えていく。

「主《あるじ》、どうなさるおつもりですか？　このままじゃ当日に間に合わない。すぐに代わりのものを用意する方法を――」

　ペイジュが自分に語りかけている声も、ほとんど頭に入ってこない。

「聞いてますか、主」

「黙って！　分かってるから。……この状況が深刻だってことは私が一番よく分かってるのよ……！」

「………」

　こんなに声を張り上げたのは、いつぶりのことだろうか。ウェスタレアの狼狽《うろた》える姿に、ペイジュも驚いている。

　はっと我に返った。彼女に八つ当たりをしても意味がないのに。

「ごめんなさい。……頭、冷やしてくるわ」


　ウェスタレアはそのまま家を出ていた。

　ドレスショップに向かってみたが、案の定ウェスタレアのサイズに合うドレスは見つからなかった。それに、ウェスタレアは今はただの一般人。貴族が着るような高級ドレスをぽんと買うような財力はない。一般人がちょっと背伸びをして買えるようなドレスは明らかに質が低く、貴族からは笑われるだけだ。もう、三次選考は辞退するしかないのかもしれない。

商店街を離れて、とぼとぼと湖沿いを歩く。

石造りの手すりに腕をかけて、せせらぐ湖面をぼんやりと眺めた。

（……もう、ここまでなのかしら）

リリーに陥れられて、国家に見放され、遠いルムゼア王国からはるばるアルチティス皇国にやって来てから、よく頑張ったと思う。でも思い通りにならないことばかりだ。掴《つか》みかけたと思えば足を引っ張られての繰り返し。いつもいつも、いつもそうだ。

ウェスタレアが名家の令嬢であれば、こんな幼稚な嫌がらせで足止めを食らうことなどなかっただろうに。頑張ったって無駄なのかもしれない。どうせ誰かに邪魔されておしまい。それがウェスタレアのお決まりのパターンなのだ。

（もう嫌……っ。消えたい。もうどうでもいい。全部投げ出してしまいたい……）

涙さえ出ず、ただ呆然《ぼうぜん》と立ち尽くす。

何もかも諦めてこのまま湖に落ちて、泡のように消えてしまえたら楽なのに。そんな気持ちにさえなる。

「――コルダータ」

聞き慣れた声が耳を掠《かす》めて、ウェスタレアは肩を竦《すく》めた。

「本当にあなたって……いつも絶妙なタイミングで現れるわね」

レオはウェスタレアの顔を覗《のぞ》き込んで不敵に微笑《ほほえ》んだ。いつもと変わらない不敵な表情に、どこか安心してしまう。悪夢からふいに現実に引き戻されたような感じ。

「元気がないな。何かあったか？」

「三次選考のために買ったドレスが……切り裂かれて届いたの。本当に運がないわよね、私」

もう自分は三次選考に参加することはできないだろうと打ち明ける。

「それだけのことで諦めるのか？」

それだけのこと？

あまりにも無神経な言葉に眉をひそめる。

「諦める以外にどうしろって言うのよ。もう方法がないの。なら裸で皇族の前に出ろとでも？」

「そうは言っていない。ただ、お前の覚悟はその程度だったのかと聞いているんだ」

「……なんですって？」

レオはうっすらと見えるスリド王国の国境を指差した。

「お前は皇妃になるためにあの高い壁を越えてきた。ドレスひとつで諦められるような夢だったのか？　違う。諦められなかったからここにいるんだ。自分ならできると信じているから、足掻《あが》いてきたんだ」

「…………」

煽《あお》るようなその言葉が、ウェスタレアの心にずしんと刺さる。そうだ。ウェスタレアは一度悪女という汚名を着せられ、愛していた民衆に罵声を浴びせられ、親友だと思っていた人からの嘲笑を受けながら毒を飲んだのだ。

それ以上の試練なんて、存在するはずない。たかがドレス一枚で挫《くじ》けてどうする。

「私の執念は、そんなものではないわ。ここまで頑張ってきたのに……今更引けない」

「そうだ、その調子だ」

「巡ってくるチャンスは……決して多くはない。だからこそ、絶対に掴みたいの。だめだったとしても、最後までやれるだけのことをやらなくちゃ後悔する」

「ああ。お前ならやれる。俺はそう信じている。さぁ、もう行け」

「…………」

　ウェスタレアはレオの腹をどずっと拳で突いて、睨《にら》むように見上げた。

「……ありがとう。私、もう行くわ」

　むっとした表情で小さく呟《つぶや》き、踵《きびす》を返す。

（早く帰らなくちゃ。時間がない。……それに、ペイジュに謝りたい）

　諦められるはずがない。

　どん底から這《は》い上がると決めたのだから。

　幼いころからの夢を叶《かな》え、必ず皇妃になる。

「礼を言いながら殴られたのは初めてだ」

　走っていくウェスタレアの後ろ姿を見つめて、レオは苦笑した。

（挫けるな。皇妃の座を掴め。ウェスタレア・ルジェーン）

　買い物をして屋敷に帰ると、ペイジュが居間で裁縫道具を広げて、ズタズタにされたドレスを繕っていた。彼女は裁縫なんてやったことがないのに。

「ああ、お帰り。主」

「ペイジュ……」

彼女はこちらにそう声をかけてからすぐに視線を下に落として、再び作業を再開した。ペイジュの隣に腰を下ろして、買ってきた紙袋をテーブルに置く。裁縫屋や仕立て屋を巡って、高見えする生地やレースなどの材料を購入してきたのだ。

ウェスタレアも裁縫道具を取り出して、ドレスの修復を始める。

「この二日は寝られないわよ」

「はは、望むところです。主こそ大丈夫ですか？」

「平気よ。体力はある方なの。……それと、ありがとう。ペイジュ。その……色々と」

「さぁ、なんのことだか」

ウェスタレアは一瞬諦めかけていたが、ペイジュは少しも揺らぐことなく待っていてくれた。ウェスタレアが立ち上がることを信じて。

「お礼に栄養ドリンクを作るわ。目が冴《さ》えるわよ」

「いえ、お構いなく。そんなものを飲んだ日には、二度と目を覚ませなくなりそうなので」

ばっさりと切り捨てられて、苦笑するウェスタレアだった。


――チュンチュンッ。チチッ。

二日後。小鳥がさえずるころ。徹夜で修復作業をしていたウェスタレアは、ソファでうとうとしていた。

手に持っていた針がブスっと指に刺さり、痛みで一気に目が覚める。

「――痛っ！　……って、今何時⁉」

時計を見れば、二時間もうたた寝して作業を進められずにいたことに気づく。

（寝てる暇なんてないのに……！）

ばしばしっと両頬を叩《たた》き、気合いを入れ直す。重い瞼《まぶた》を擦りながら、作業を再開した。この調子で頑張れば、なんとか今夜の夜会には間に合うはず。

しかし、隣で作業をしていたはずのペイジュの姿がない。代わりに、テーブルの上に大きな箱が置いてあった。

「なんの箱……？」

小首を傾げていると、両手にコーヒーが入ったカップを持ったペイジュが戻ってきた。

「コーヒー、飲みます？」

「いただくわ」

ペイジュもウェスタレアに合わせて寝ていないはずなのに、少しも顔に疲れを感じさせない。最強の女剣闘士なだけあって、底抜けの体力だ。湯気がのぼるカップを受け取り、尋ねる。

「この箱は何？」

「ついさっき玄関の前に置かれていたんです。主宛に」

「私に……？」

箱には封筒が添えられていて、中の便箋には短く、『薬草の礼』と書かれていた。薬草を渡した相手はレオだ。匿名だったが、送り主は彼なのだと理解して箱を開ける。

「…………！」

中身を見て、ウェスタレアは目を見開いた。入っていたのは、ウェスタレアが元々用意していたものよりもはるかに上等なドレス。

ドレス全体に、宝石が縫い付けられていて、窓から入り込む自然光に当てると繊細で美しい輝きを放つ。胸からウエストにかけたレースに大胆な銀糸の刺繍《ししゅう》が施されており、それも存在感がある。

深みのある赤が基調となった贅沢《ぜいたく》な逸品で、ウェスタレアのサイズぴったりだった。

改めてメッセージを見ると、『そのドレスには、青いピアスが一番合うだろう』と更に書いてある。裏面をひっくり返して見ても、それ以外には何も書いていない。ウェスタレアはおもむろに右耳に手を伸ばした。レオにとっての青いピアスといえば、彼から奪ったこれだろう。いつもは返せ返せとせがんでくるのに、どういう風の吹き回しか。

「これは……かなり上等なドレスだ。主、いつの間に用意されていたんです？」

「あー……それは、ええと……」

急に歯切れ悪くなり、目を泳がすウェスタレア。

ペイジュはレオのことを不審がっている。彼からもらったと知ったらまた面倒なことを言ってくるかもしれないと思い、手紙をぐしゃっと握り締めて背中に隠し、誤魔化した。

「そ、そうよ。ちょっとしたツテがあってね」

「さすがは主！　よかったですね。きっととてもお似合いになります」

「え、ええ。ありがとう」

ドレスだけではなく、靴とネックレスまで用意されていた。どうやって短期間でこれを用意したのかは謎だが、これで夜会の衣装の心配をしなくていい。安心したところで、急に眠気に襲われた。

ソファに倒れ込むと、ペイジュがどうしたんですかと心配そうに聞いてくる。

「少し……寝か、せ——て」

言い終わるころには意識が飛んでいた。気絶するように眠ったウェスタレアに、ペイジュは肌掛けをかけてくれたのだった。

◇◇◇

「あと少しでルシャンテ宮殿です。ご準備を」

「ええ。分かっているわ」

夕方になり身支度を整えたウェスタレアは、ペイジュを伴って夜会の会場であるルシャンテ宮殿に向かった。レオが贈ってくれた美しいドレスを着て、髪は自分で結った。

（これが……初めての夜会）

元隠された令嬢にとって人生で初めての社交の場というだけではなく、人生を決める場でもある。一切気は抜けない。

「主、緊張してます？」

「全然。むしろわくわくしているわ」

隠された令嬢だった時代、ダンスの練習や礼儀作法を学んでも、社交の場に出たことはなかった。華やかな夜会への憧れを募らせながら過ごしていたのを覚えている。

「そのドレス、本当によくお似合いです」

「ペイジュこそ似合ってるわよ、そのドレス」

「はは、スカートはあまり好きじゃないんですけどね」

ペイジュは基本、動きやすさを重視してワイシャツにズボンといった男性的な格好をしている。ボーイッシュな容姿をしているが、元の素材がいいのでドレスもかっちり着こなす。

窓の外に見えるルシャンテ宮殿が、どんどん大きくなっていく。

「今日のパーティには異国からの貴賓もいらっしゃるそうですよ。ルムゼア王国の王太子殿下もいらっしゃるとか。敵国の王族にもかかわらず、今日に限ってなぜお見えになるんでしょう。いささか気が知れません」

「ふふ、フィリックス様ね。機知に富み、優しい方よ。ちょっぴり気弱だけど」

「ひょっとして、お知り合いですか？」

知り合いどころか、元婚約者であり――恩人だ。ふっと意味ありげに微笑み答える。

「さぁね」

◆◆◆

フィリックス・ネーゼロアは、ルムゼア王国の肩書きだけの王太子だった。前王妃デルフィーヌが権力を握り、国民は病で疲弊していた。しかし、フィリックスは我が身可愛さで苦しむ国民を見て見ぬふりして、デルフィーヌに迎合していた。

幼いころから優秀で、能力には恵まれていても、気が弱いのではなんの意味もない。

「一体何の本を熱心に読んでいるんだい？」

あるとき、離宮を訪れると、婚約者のウェスタレアがテラスで分厚い本を読んでいた。

「薬草についてです。前王妃様が買い占めている薬草ではなく、流行病に効く別のものはないかと……あ、殿下の前で、このお話はしない方がよろしいですよね」

気まずそうに口元に手を当てる彼女。

薬の買い占め問題は、前王妃派閥の貴族たちの間では暗黙の了解になっている。フィリックスが前王妃に従う立場であることを、彼女も理解していた。

「いや、気にすることはないよ。僕の前では好きな話をするといい」

「……分かりました」

彼女はぺらぺらとページをめくり、ある場所を指差した。

「この薬草とこの薬草を組み合わせると、よく効くかもしれません。発熱や炎症を抑えてくれる効能があるので」

流行病の症状のひとつに、発熱や痛みがあった。ウェスタレアはこの離宮に閉じ込められ、明らかに理不尽な目に遭っているというのに、前向きに努力していて、次期王妃としての責任感がある。……そういうところが好きだった。フィリックスにはないものを持っていて、眩《まぶ》しく見えていた。

彼女のことが好きだったのに、好きだと伝えることも、離宮から出してあげてはどうかと前王妃に訴えることもできなかった。ただ、臆病だったのだ。

「薬草を新たに仕入れることはできないよ。どうせ、前王妃様に阻まれることになる。今までも仕入れようとした業者はことごとく潰《つぶ》されてきたんだ。これは……仕方がないことだ。僕たちにはどうすることもできない」

「そうだとしても手を尽くすべきです。殿下が守りたいのは、民衆ではないのですか？」

彼女はまっすぐな眼差しでこちらを見た。自分の立場を守るために前王妃の意向に従うのではなく、彼女が納得するまで交渉するべきだと言っているのだ。

フィリックスは知っていた。ウェスタレアが、流行病に効く他の薬草の情報を記した書簡を多くの貴族や商人に送ろうとしていたことを。それらは全て、前王妃に没収されて破り捨てられてしまったが。

彼女は貴族や商人だけではなく、前王妃にも書簡を出していた。自分が離宮にいることは何も言わずに我慢しているのに、国民のためならばはっきりと意見する。国民の利益のために尽くすのが、次期王妃としての役目だからと。ウェスタレアは王妃にふさわしい責任感を持っていた。

——対して、自分はどうだ。

（そうさ。君が言う通り、僕が守りたいのは……自分の立場だよ）

恥ずかしくて情けなくて、そんな言葉は口にすることができなかった。

そして。ウェスタレアが数年後、無実の罪で処刑台に送られることになり、フィリックスは転機を迎えることになった。

◇◇◇

ルシャンテ宮殿は、目が眩《くら》むほど荘厳豪華だった。廊下には高そうな壺《つぼ》や置物が置いてあって、壁や天井には複雑な模様の絵が書かれている。熟練の職人たちが技術を注いだことがひと目で分かった。

広間に続く大扉の前で、一度深呼吸する。

背筋をぴんと伸ばして顎を少し引いて、自分が最も美しく見える姿勢で、広間へと向かった。

螺旋《らせん》階段を降りれば、人々の視線が一瞬でこちらに集まった。——なんて美しい娘なのだ、と。

その凛《りん》とした佇《たたず》まいと、余裕のある様子に誰もが目を奪われる。所作のひとつひとつが完璧で洗練されているのは、厳しい妃《きさき》教育の賜物《たまもの》だ。

階段の少し高いところから人々を見下ろして、優雅に微笑む。

（この中に……ドレスを切り刻んだ犯人がいる）

参集者たちに愛嬌《あいきょう》を振り撒《ま》くふりをして、こちらを見ている人たちの顔を観察する。すると、鮮やかなピンクのドレスを着たひとりの令嬢が、ウェスタレアの顔を見て動揺した様子で目を泳がせた。

（そう……あなたなのね。——エリザベート嬢）

まぁ別に、犯人が分かったところで咎《とが》めたり、仕返ししようという気はない。不正を働いて他人を蹴落としてのし上がろうとする人は、どの道上には行けないだろうから。

冷えた眼差しを向ければ、彼女は青くなって俯《うつむ》いてしまった。

夜会の始まりを告げる鐘が鳴り響いたあと、三次選考に残った皇妃候補たちは、この夜会の主催者である皇太后に並んで挨拶をした。一段高いところに座っていた彼女が、こちらに歩んでくる。

皆が最上級のカーテシーを見せる。

「皆さん、本日はよく来てくださいました。お会いできて嬉《うれ》しいわ」

皇太后は、扇子をぱんと閉じ、優美に微笑んだ。年齢を感じさせない美貌と品のある雰囲気にウェスタレアは圧倒された。彼女はウェスタレアと同じくらい背が高くほっそりしていて、集団の中でひときわ存在感があった。

（この方が……皇太后様）

皇帝を生んだ国母である彼女も、同じ皇妃選定で選ばれたのだ。自分が目指す場所にいる彼女を、まっすぐ見据えた。彼女は十人の候補者たちを観察し、真っ先にウェスタレアに話しかけた。

「とてもお綺麗ね」

「畏れ多いお言葉でございます」

「そのドレスは……どこで？」

「……私を応援してくださる方から、贈っていただきました」

すると彼女は全てを悟った様子で、意味ありげに呟いた。

「なるほど。――それで私の衣装室の鍵を取りに来たのね」

しかし、その呟きをウェスタレアが聞き取ることはできなかった。皇太后は更に、ウェスタレアの耳に輝くピアスを見て、眉を上げた。

「そ、その耳飾りも、贈り物のひとつ？」

「え……いえ。これは――借り物です」

借り物というより、ウェスタレアが強奪したのだが、それは内緒だ。

「まぁ。お守りということかしら。彼も随分と粋なことをする男になったのね。――なるほど。あなたに強い味方がいることはよく分かったわ」

皇太后はこの耳飾りがレオの所有物であることを理解していた。

（なるほど。レオがこの場にピアスを付けていくように言ったのは、このためだったのね）

ドレスに添えてあったメッセージカードに、このピアスを付けていくように書かれていた。このピアスは皇太子の証し。そんなものを預けるということは彼がウェスタレアを信頼しているという意味であり、ピアスの所有者を知る者に、皇太子という後ろ盾があることをほのめかすことができる。このピアスは、レオなりの応援なのだと分かった。

彼女は納得した様子で、次の令嬢に声を掛けに行った。

皇太后が最後に話しかけたのはエリザベート。

「あら、どうしたのエリザベート嬢。先ほどから顔色が悪いわ」

「い、いえ……。ただ、コルダータ嬢が——皇太后様が建国祭でお召になったドレスを着ていらっしゃったので……」

「ふふ、彼女の方がよく似合っているわよね」

「⁉」

そんなやり取りが耳に入ってきて、ウェスタレアは大きく目を見開いた。ウェスタレアは知らなかった。確かに高級なドレスだとは思っていたが、皇太后が袖を通したことがあるものだったとは。確かに彼女の体型であれば、縫製をしなくてもサイズが合いそうだ。

皇太后が着用した至高の一品だったと知って急に畏れ多くなり、背中に変な汗が流れた。

皇太后への挨拶が終わり、皇妃候補たちは、ほっと肩の力を抜いた。

「はぁ～～緊張したよ～。皇太后様とお話ししちゃった！」

「あたしなんてまだ足震えてるし」

皇妃候補たちは、きゃっきゃっと騒いだり、お互いを励まし合っている。

他方、対峙《たいじ》するウェスタレアとエリザベートの間には、緊迫した空気が漂っていた。

「そのドレスをどうしてあなたが？　コルダータ嬢。お答えになって」

「お答えいたしません。なぜそんな必要が？」

「なぜって……」

普通、目上の立場の令嬢から尋ねられたら、つべこべ言わずに答えるのが礼儀だ。しかし、挑発的な態度を取るウェスタレア。

「それより、どこかで休まれた方がいいのでは？　皇太后様もおっしゃっていましたが、顔色が優れないようにお見受けします」

「いいから、答えなさいと言っているでしょう⁉」

しん……。狼狽えるエリザベートの姿に、辺りが静まり返る。

（こういう感情的なタイプは、分かりやすくて扱いやすい）

その点、リリーは賢かった。穏やかな笑顔の下に隠した本心を誰にも悟らせず、自分の野心を実現させるために権謀術数に思いを巡らせていたのだから。

ウェスタレアは目を細めて、彼女の耳元で囁《ささや》いた。

「あなたが本当に気になさっているのは、私が着ているこのドレスのことではなく、切り裂いたドレスの方ではありませんか」

「……っ」

数歩後ずさり、わなわなと震える彼女。露骨に目を泳がせるところを見るに、十中八九彼女の仕業だったのだろう。

「な、なんのことだかさっぱり分かりませんわ」

「目が泳いでいますよ。箱の中に、髪の毛が入っていたんです。――ちょうどあなたのと同じ色で、同じ長さの」

「……！　誰かに私の仕業だとお言いになったの……？」

「さぁ、内緒」

内緒、とは言ったものの、エリザベートの所業だということは、今気づいたばかりでまだ誰にも打ち明けていないし、今後バラすつもりも仕返しする意思もない。

（髪が入ってたなんて、嘘《うそ》だけど）

カマをかけたのだが、あっさりと引っかかってくれた。するとそのとき。エリザベートは怒りに任せてウェスタレアの頬を叩こうと手を振り上げ、息を荒らげた。

「なんて生意気な物言い……。わたくしを誰だと思っていらっしゃるの⁉　身の程をわきまえなさい！」

手が振り下ろされ叩かれそうになっても、ウェスタレアは怯《ひる》まず、一切目を逸《そ》らさない。すると、颯爽《さっそう》と現れたペイジュが彼女の腕を掴んだ。

「……っ、ちょっと、何をなさるの⁉　邪魔をしないでくださいまし！」

「――失礼。レディーに無許可で触れたことはお詫《わ》びいたします。ですが、神聖な選定の場でこれ以上騒ぎ立てては、あなたにとっても不利なのでは？」

ペイジュに諭された彼女は、悔しげに歯軋《はぎし》りしてから手を下ろす。ウェスタレアはそんな彼女に言う。

「これだけは忠告させてください。誰かを蹴落として成功を手に入れようとしても……大抵はうまくいかないものですよ」

「お黙りなさい！」

評判がよいエリザベートが取り乱す姿に、参集者はひそひそと内緒話をする。ぶるぶると怒りに震える彼女を、侍女たちが宥《なだ》める。

「お嬢様、落ち着いてください！」

「大勢の方が見ておられます。一度外に出ましょう」

ウェスタレアの元に、同伴して来てくれた推薦人のライラも駆け寄った。ウェスタレアはドレスを駄目にした犯人がエリザベートだったから、もうこんな真似はしないように忠告したのだと話した。

「お気持ちは分かりますが、肝が冷えましたよ、主」

「あのように癇癪《かんしゃく》を起こして、エリザベート嬢は最終選考には残れそうにありませんね」

「それはどうかしら。彼女の家は相当大きいから。社会とは往々にして権力に弱いものよ」

もし彼女が残ったとしたら、忖度《そんたく》があったということだ。

ウェスタレアはライラに尋ねる。

「夫人は、エリザベート嬢について何かご存知？」

ライラは上位貴族にはあまり詳しくないのだと前置きして、エリザベートについて知っていることを教えてくれた。品行方正で交友関係も広く、評判が良いのが彼女だった。国一番の皇妃候補と言われるほど。――そしてもうひとつ。

「彼女は……皇太子殿下に想いを寄せていることでも有名ですね」

　エリザベートが皇妃になりたい理由はよく分かったが、それでウェスタレアを極端に敵視する理由は見えてこなかった。家柄もよくない異国人のウェスタレアは、彼女からしたら敵ですらなさそうなのに。

（恨まれるようなこと、何かしたかしら……）

　ウェスタレアはこのとき、皇太子に膝枕しているところを目撃されているとは夢にも思わなかった。

　するとまもなく、オーケストラがワルツを演奏始めた。

　皇妃候補たちはパートナーと踊り出す。

　ウェスタレアにはパートナーがいない。早く相手を見つけて踊るべきだと促してくるペイジュに言う。

　今も、皇太后が一段高いところで皇妃候補たちを観察している。こうしてお喋《しゃべ》りしている間も見極められているのだ。

　しかし、踊る相手がいないことを心配する必要は全くない。広間にいる男たちは絶え間なくこちらをちらちらと盗み見ている。未来の皇妃との繋《つな》がりを作っておきたいからだ。だから堂々と誘いを待っていればいい。しかし、一番初めにダンスの誘いを申し込んだのは――この男だった。

「――レディ。よかったら僕と踊ってくれないかな？」

洗練された所作でこちらに手を差し伸べたのは、ルムゼア王国の王太子であり、ウェスタレアの元婚約者の――フィリックスだった。彼はウェスタレアが皇妃選定に参加しようとしていたことを知っている。そして、ウェスタレアが処刑されてなお生き延びられたのは彼の協力があったからこそだ。

「私でよければ、ぜひ。フィリックス殿下」

ウェスタレアの後ろで、ライラとペイジュが一王国の王太子に話しかけられたことに驚いている。

広間の中央でゆったりと踊る二人。息ぴったりの様子を、周囲は奇異の目で見ていた。なぜ敵国の王族が、のうのうとアルチティス皇国に来ているのか、と。

ウェスタレアは彼の婚約者だった。けれど、ただの一度だって一緒に踊ったことはない。なぜならウェスタレアは、離宮に幽閉された隠された令嬢だったから。

「きっと今日、君がこの場に来ていると思っていたよ。生きていたんだね」

「おかげさまで」

「公の場で踊りを披露するのは初めてかい？」

「ええ。それはあなたが一番ご存知でしょう」

「手が冷たい。緊張しているんだね」

「――夢にまで見た、殿下と踊っているのですから」

「そんな風に思ってもらえて光栄だよ」

爽やかな笑みを浮かべて、彼は続ける。

「でも大丈夫。僕に身を委ねていればいい」

「……はい。殿下」

フィリックスは紳士的にリードしてくれる。ウェスタレアは王妃としていつの日か彼と踊るために、練習していたようなもの。離宮にいたころに想像していた形とは違うけれど、こうしてホールでダンスをすることは月日を経て実現した。恋愛感情はないが彼を兄のように思っていたし、彼もずっと心にかけてくれていた。

感慨深く思いながら、フィリックスを見上げると、彼も優しく目を細めた。

「……今の君はコルダータというんだね。どうしてその名を？」

「道の脇にひっそりと生えている雑草だって、百合《ゆり》の花の美しさや輝きに勝るのだという願いを込めて」

「君らしいよ。君はどんな綺麗な花にも負けないくらい……輝いていると思う」

「お上手ですね」

慣れない彼の賛辞に、余裕のある笑みを返すと、彼は「本心なんだけどな」と苦笑した。

オーケストラの演奏が終わり、二人に拍手が注がれたとき、彼の眼差しが鋭さを帯びた。拍手の音に紛れるように、耳元でそっと囁く。

「夜会が終わったら――僕の部屋においで。大事な話がある。君を陥れた者たちについて」

「――分かりました」

夜会が終わって、参集者たちが帰り始めたころ。ウェスタレアはルシェンテ宮殿に残り、フィリックスに指定された部屋に向かった。

ペイジュを部屋の外で待たせて、中へ入る。客室はすでに人払いがされていて、ソファにフィリックスが腰を下ろしていた。向かいに座ると、早速彼は口を開いた。

「まさかあなたがここにいらっしゃるとは思いませんでした」

「僕も都合があるから、君と話すには今日しかないと思って皇太子殿下に協力してもらったんだ。端的に言う。君はもうすぐ、ウェスタレア・ルジェーンの名前を取り戻せるかもしれない」

「………」

「前王妃と王女が毒を購入した商会を特定し、取引履歴の書面を押収した。他にもいくつか証拠を押さえている。帰国次第、二人を告訴するつもりだ」

ウェスタレアは特に驚きもせず、ふぅと息を吐いた。

「そう。……うまくいったのですね」

ウェスタレアの処刑が行われる前の日。二人は地下牢《ろう》で会っていた。そのとき彼に、ウェスタレアの潔白を証明するために動いてほしいと依頼していたのだ。

前王妃デルフィーヌは権力者で狡猾《こうかつ》な人物だから、フィリックスが力を尽くしても潔白が証明されない可能性があることも覚悟していた。しかしようやく、彼女に太刀打ちできるかもしれないのだ。

「……これはまた、よく集めましたね」

渡されたリストには、証拠品や証人が書かれている。集めた証拠の内容は大きなものだった。

「僕はこの裁判に全てを賭けるつもりだ。必ず、前王妃を罪人として王宮から追放する。そのために君に——協力してほしい。ウェスタレア」

久しぶりにその名前で呼ばれたような気がする。

どんなに有力な証拠を用意し、裁判を行ったとしても、デルフィーヌは強者《つわもの》だ。偽の証拠や証人で更に対抗してくるだろうし、裁判官を買収することも考えられる。そして王女も頭がよく、演技力に関してはウェスタレアが舌を巻くほどだ。あっという間に聴衆の同情を誘い、味方につけてしまうだろう。負ければウェスタレアの命はない。そして、罪人を逃がしたフィリックスも罪を問われる。

だが——。

（それでも……前王妃と王女に勝つには……この機を逃す訳にはいかない）

ウェスタレアは強く頷《うなず》く。

「もちろん、ともに戦います。裁判では私が被害者として意見陳述をしましょう。……今こそ、彼女たちに勝ち、王宮の膿《うみ》を出すときです」

「本当に……やれる、だろうか」

「やれるやれないではなく、やるんです。準備する必要があるので、私もすぐに本国へ向かいます」

ウェスタレアは、無実を証明してもらうために協力してもらうことに加えて、ひとつ約束を立てていた。

汚名を晴らし、皇妃になったあかつきには、休戦中のアルチティス皇国とルムゼア王国の和平を結ぶための架け橋となり、貿易を再開するために尽力する――と。

ルムゼア王国はかなり前から、ある伝染病が流行している。しかし病に効く薬を作るための材料がルムゼア王国では不足しており、材料となる薬草の主な原産国が、アルチティス皇国なのだ。デルフィーヌが異国から仕入れた薬の利権を握っているため、和平交渉は頓挫し続けている。けれど、貿易の再開はルムゼア王国にとって必要なことだ。

「権力に弱い国であってはいけません。前王妃のせいで大勢の民衆が病に苦しみ喘《あえ》いでいます。だから絶対に、前王妃に打ち勝たなくては」

「ああ。僕も一緒に戦う」

彼の真剣な表情を見て、ウェスタレアは小さく笑う。

「……フィリックス様は昔と随分変わりましたね」

フィリックスもデルフィーヌに掌握された国の状況を憂いてはいたが、彼女を恐れて迎合する立場をとってきた。悪く言えば、肩書きだけの王太子で、存在感もなかった。婚約者が幽閉されても何も言わない人だったのだ。でも今は、デルフィーヌの勢力を敵に回してまで、ウェスタレアの無実と、王太子としての責任を果たすために戦おうとしている。

「遅いくらいだ。君が毒杯を賜《たまわ》るまで、何もしなかったのだから。でも、君に諭されて、ようやく腹を決めたんだ」

「私はまだ生きています。遅くなんてありませんよ」

「……優しいね。君は」

彼の表情からは自責の念のようなものが感じられた。近況を聞き終わったウェスタレアは、早々に退出することにした。部屋を出る直前、フィリックスに告げられる。

「念の為伝えておく。前王妃が取引していたのは――アルチティス皇国のデボラ商会という。貴族を相手に危険な薬物や武器を売る商売をしているらしい」

「貴族相手に……。恐ろしい話ですね」

「では次は、本国でまた会おう」

「はい。健康にはくれぐれもご留意を」

「ありがとう。君もね」

挨拶を交わし、ウェスタレアは部屋を出た。

◇◇◇

遡《さかのぼ》ること、数ヶ月前。

これは、ウェスタレア・ルジェーン処刑の前日のこと。

裁判で王女暗殺未遂で有罪判決が下ったウェスタレアは、独り牢屋《ろうや》の中に閉じ込められていた。

太陽の光も届かず、今が昼なのか夜なのかさえも分からない。

（私の人生……最期まで閉じ込められてばかりね）

明日、自分は無実の罪で死ぬ。その事実が自分を失意のどん底に叩きつけるのだ。

「どうしてこんなことに……」

その呟きも、誰の耳にも届かない。

誰との面会も禁止され、次に地上に出られるのは死ぬときだと告げられている。王妃になるために厳しい環境を耐え忍んできたのに、こんな仕打ちはあんまりだ。

悔しくて、苦しくて、食べ物もろくに喉を通らず眠れない日を過ごしていた。

リリーはウェスタレアにとって、たったひとりの親友だと思っていた。離宮に幽閉されて、誰との関わりも断絶されていた中で、彼女だけが孤独なウェスタレアを思い、話し相手になりたいと国王に直談判してくれたのが始まりだった。

頻繁に離宮を訪れ、一緒にお菓子を食べたり、流行りの小説の話や夢の話、家族の話、なんでも共有した。楽しい思い出が沢山あるのに、友達だと信じて浮かれていたのは自分だけだったのだ。

全ては、『優しい王女に嫉妬心を募らせ殺害を画策した悪女ウェスタレア』を仕立て上げるための——シナリオに過ぎなかった。彼女は、目の前で毒杯を仰《あお》ったとき、高らかに笑いながらそう話していた。

すると、地下牢の奥の階段から靴音が響いてきた。牢番《ろうばん》の足音とは違う。そう思って顔を上げると、目の前に手持ちランプをかざされた。

「……辛《つら》いな」

「フィリックス……殿下……」

フィリックスはウェスタレアを見つめながら、悲痛の表情を浮かべていた。彼は身をかがめ、深く頭を下げる。

「――すまない。全ては僕の力が及ばなかったせいだ」

「顔をお上げください。殿下は何も悪くありません。ずっと覚悟はしておりました。あらゆる思惑と欲が交錯する王宮で、いつこういうことが起きてもおかしくはないと」

「いいや、婚約者を守る責任を果たせなかった僕の罪だ。……なんて君に声をかけたらいいか……」

ウェスタレアは、「自責なさらないで」と首を横に振ることしかできなかった。

前王妃デルフィーヌの権力は絶大。どんな横暴を働いても、誰もが目を瞑《つむ》るしかない。自分の身を守るためには、彼女に従っていくしかないのだ。フィリックスは立場を守るためにそうしてきただけ。

ウェスタレアが断罪され、デルフィーヌの強い推薦で、次期王妃候補にリリーの名前が挙がっている。彼女はデルフィーヌの娘。リリーが王妃に据わり世継ぎを産めば、デルフィーヌの権力はより強固になるだろう。デルフィーヌは王子を産めなかったことを長年悔やんでいたため、自分の娘を王子の母親にしたいという思いもひとしおだろう。

「何もしてやれなくて、すまない。ウェスタレア」

「いいえ。殿下にもまだできることがあります。……ひとつ、お願いを聞いていただけませんか？」

「あ、ああ。何でも言ってくれ」

ウェスタレアは落胆する彼に頼み事をした。

それから半日ほどして再びフィリックスが牢屋を訪れた。

「これでいいのかい？」

「はい。ありがとうございます」

お願いして用意してもらったのは、いくつかの薬草を組み合わせた、小指の爪ほどの小さな薬。

この薬はアギサクラギの毒を中和する作用がある。アギサクラギ自体、滅多に手に入らない希少な毒で、解毒方法はあまり知られていない。

「――待って。まだそれは受け取れません」

「……？」

ウェスタレアは差し出された解毒剤を受け取らずに突き返す。

ウェスタレアの処刑は断頭ではなく、それよりも苦しいとされる薬殺刑に決まっていた。そしてこれは予想だが、リリーが飲んだのと同じ毒が使用されるだろう。

「アギサクラギの毒は、致死量を摂取すると、のたうち回るような苦しみの末に絶命します。ですがこの薬を飲めば、一時的に仮死状態になるんです」

この薬を毒と一緒に飲み込めば、仮死状態になり命が助かる可能性があるが、可能性は――半々だ。

「罪人を生かそうとすれば、殿下も罪を問われます。ですが逆に、前王妃に打ち勝つチャンスにもなるかもしれない。これは……大きな賭けですが」

「ど、どういうことだい……？」

「私は毒杯を飲んでなお生き延びて、この国を脱出し、アルチティス皇国に逃げてみせます。そして、失ったものを全て取り戻し復讐《ふくしゅう》するんです」

　ウェスタレアは説明した。前王妃は、国内では手に入らないアギサクラギの毒をどこかで入手しているはずだと。その方法を突き止め、証拠と証人を得ることができれば、彼女たちを断罪することができる。

「殿下はご存知ですか？　皇国アルチティスでまもなく、皇妃選定が行われるのを。家柄や年齢、経歴を問われず、能力のみで妃が決められるとか」

「ま、待て。まさか受けるなんて言うつもりではないよね？　表舞台に出るのは危険すぎる。もし正体が知られたらそのときは本当に死ぬことになる」

「話を最後まで聞いてください。アルチティスの皇妃選定が終わるまで、猶予は半年以上あります。ですから……」

　まっすぐにフィリックスを見据えて告げる。

「それまでに、私の潔白を証明するお手伝いをしていただけませんか。そうすれば私は、ウェスタレア・ルジェーンを名乗ることができます。ウェスタレアとして皇妃になったら、相応の対価をお約束します」

「――対価？」

　今、ルムゼア王国で流行している病を沈静化するために、ルムゼアとアルチティスを結ぶ架け橋となり、いずれアルチティス皇国から薬草を仕入れる環境を整えると伝える。ルムゼア王国の膿を出したところで、アルチティスにも和平を阻む原因があるから、それを解決するのだと。

「私はこれでも、元次期王妃としての矜恃《きょうじ》があります。悪人と病から多くの民を救いたいんです」

ルムゼア王国の国民はきっと、無実のウェスタレアのことを悪女として責め立て、忌み嫌うのだろう。それでも、彼らが病に苦しんでいい理由にはならない。

「……君は、次期王妃の立場が嫌なのだとずっと思っていたよ。賢い君なら、もっと違う平和な生き方もできただろうに……。本当にその道でいいのかい？」

「私は王妃になるためだけに生きて学んできました。でもまだ、誰の役にも立っていません。こんなの……死んでいるのと同じようなものです。私は——王妃になりたい」

ウェスタレアを捨てるルムゼア王国ではなく、場所を変えて。どこに行ったとしてもウェスタレアの夢は変わらない。それに、リリーの思い通りのままではいたくない。

「フィリックス様は、このまま権力に弱い王になるおつもりですか？　病に喘ぐ民を見て見ぬふりし続けますか？　もし、私とともに戦ってくださるなら……その薬を私にください」

彼は躊躇《ためら》わなかった。

「分かったよ。僕は君の無実を明らかにするために力を尽くそう。僕にも……王族としての責任がある。誰も傷つけさせたくないし、もう名ばかりの王太子ではいたくない」

もし無実が証明できなければ、ウェスタレアは永遠にその名前を名乗ることができず、汚名を着せられたままになるということだ。そしてフィリックスも、罪人に加担したことで王太子の地位を剝奪されかねない。けれど彼は一も二もなくそう答え、ウェスタレアの手に解毒剤を握らせた。

二人は暗い地下牢の中で、約束を交わした。これ以上、前王妃や王女の好きにはさせないと。ウェスタレアはフィリックスから解毒剤を受け取り、優美に微笑んだ。

「私が死んだら……棺を沢山の美しい宝飾品で埋めて、一番お気に入りだった指輪を嵌《は》めてほしいです。これが殿下への最後のお願いです」

そうすれば、埋葬されたときに盗掘人に狙われる可能性がぐっと上がるだろう。それに、お気に入りの指輪には、護身用に麻酔作用のある毒薬を塗った針が仕込んである。

そして、これ以上の手助けをするなと付け加えた。フィリックスが罪人を助けるために動いたことが明るみに出れば、国家に背いた彼は非難される。

「ああ。その願い、承ったよ」

フィリックスが去っていった牢の中で、ウェスタレアは解毒剤をぎゅうと握り締めた。前を向くしかないと、自分を奮い立たせながら……。

処刑でアギサクラギ以外の毒が使われたら死ぬし、解毒薬で毒を中和し切れなくても死ぬ。盗掘人に仮死状態のまま攫《さら》われたら人体解剖されてしまうかもしれないし、もしかしたら、逃げている途中に警備の者に捕まって地下に連れ戻されるかもしれない。それでも、一縷《いちる》の希望にしがみつくしかない。

ウェスタレアは処刑の前に、舌の裏に薬を忍ばせる。そして強運は味方した。予想通りにアギサクラギが薬殺に使われ、ウェスタレアは薬と一緒に毒杯を飲み干すのだった。

◆◆◆

「フィリックス様……っ！　わたくしと一緒に外でお茶をしませんか？　今日はとても良いお天気ですよ」

「いや、僕は遠慮するよ。侍女でも誘ったらどうだい？」

「まぁ。そうつれないことをおっしゃらないでくださいませ。お仕事ばかりしていたら気を病んでしまいますよ」

ルムゼア王国王宮、王太子の執務室にて。

リリーは、フィリックスに誘いを断られて、愛らしくむっと頬を膨らませた。

ウェスタレアが死んで、リリーが次の婚約者の最有力候補になった。議会の賛同を得たら正式に婚約者になるのだし、もう少し歩み寄ってくれるような気遣いがあってもいいのに。

リリーは前国王の娘だ。前国王はかなり年の離れた若いデルフィーヌを娶《めと》り、他に三人の妃を抱えていた。デルフィーヌは王子を授かることはなかったが、ようやく生まれた待望の第一子が、リリーだった。生まれたときからなんでも与えられ、可愛がられて育ったけれど、一生そのままという訳にはいかない。結婚して王宮を出たら、ただの一般人になってしまうし、今までのようなもてはやされる環境ではなくなる。

リリーの場合は、友好のためにある不毛の地へ嫁ぐ話が上がっており……それがとてつもなく嫌だった。だから、ウェスタレアを陥れ、王宮に留まることを画策したのだ。国母になって、ルムゼア王国で最も愛される女性になりたかったから。

執務机の後ろに座るフィリックスを見下ろして言う。

「……まだ、ウェスのことで心を痛めておいでなのですね。わたくしも同じ気持ちです。未《いま》だに信じられませんもの。彼女がわたくしに嫉妬して……殺そうとしたなんて」

すると彼は、文字を書く手を止めて顔を上げた。彼の気を引くことができたのだと思い、更に続ける。口元に添える手は震わせ、瞳はわずかに潤ませて……。

「わたくし……ウェスのことが大好きだったから辛くって……。でもフィリックス様は婚約者だったから、心の傷はもっと深いですよね。だから少しでも気晴らしをと思って、勇気を出してお誘いしたんです……」

後ろに控えている侍女や騎士たちが、リリーの優しさに感動して涙ぐんでいる。大抵の人間は、リリーがこうしてしおらしく振る舞えば同情的になるのだ。

「ああ。すごく迷惑だよ」

「……!?」

予想外の返しに、驚くリリー。しかしこの程度のことでは動じない。申し訳なさそうに眉をひそめて言う。

「ご、ごめんなさい。お忙しいのに邪魔してしまって……。また出直しますね」

「違う。君から誘われることそのものが不愉快なんだよ」

「なっ……」

あまりにもはっきりとしていて、不躾《ぶしつけ》な物言いだった。

「ウェスタレアも君のような――裏切り者に愛称で呼ばれるのは心外だろうね」

フィリックスの笑顔と発言が全く一致していない。柔らかな表情で、ずけずけとリリーを刺激してくる。

「嫉妬していたのは君の方だ。ウェスタレアは……聡明《そうめい》で美しく、素敵な女性だったから、彼女が愛される王妃になることを羨《うらや》んだんだ。君が前王妃をそそのかして何をしたかは――全て知っているんだよ」

思わず目を見開く。彼は執務机から書類を取り出して見せてきた。それは告訴状だった。前王妃と王女が共謀して、ウェスタレアに汚名を着せて死に追いやったという内容の。

「ま、まさか……お母様や私と裁判で戦うおつもりですか？」

「ご名答」

「何かの冗談……ですよね？　お母様の権力はこの国で最も絶大です。それを敵に回そうだなんて、本来のあなたならなさらないはずです……！」

告訴状を取り上げ、手を震わせるリリー。こんなことをしてデルフィーヌの不興を買えば、フィリックスもただでは済まないかもしれないのに。

「それでも、自分のことしか考えていないような君を王妃に据えるよりは、この戦いに賭けてみたいんだよ」

リリーの計画は完璧だったはず。誰の目にも完璧な淑女として振る舞ってきたはずなのに、フィリックスは、リリーの本性を見抜いていた。

（……狼狽えては駄目よリリー）

リリーは落ち着いた様子で告訴状を返し、困ったように言った。

「身に覚えのない罪です。きっとフィリックス様は何か誤解されているのでしょう。こんな意味のない戦いをしても、あなたの利益にはなりません。あなたが正しいご判断をすること、信じております」

そう告げて執務室を出る。執務室を出たあとも、リリーの手は小刻みに震えていた。

（フィリックス様がこんな大胆な行動に移したということは……余程の訳があるはず。怖い。何かすごく……嫌な感じがする）

フィリックスはずっと保身のためにデルフィーヌに同調する、主体性がない男だった。それなのに、以前とはまるで顔つきが違う。覚悟を決めた人間の顔だった。

あれはそう、処刑の日にウェスタレアがこちらを見上げたときと同じ顔だ。

◆◆◆

リリーが出て行ったあと、側近がフィリックスに声をかける。

「なかなか手強《てごわ》いですね。あれだけ言っても余裕の表情を崩さなかった」

「ああ。長年ウェスタレアを欺いていただけあるね」

この告訴状を取り消すつもりはさらさらなく、全てを賭けてでも王宮の膿を出すために戦うつもりだ。ウェスタレアが処刑に追い詰められるまで何もできなかったことへのせめてもの償いであり、王太子としての務めだから。

「至急、この告訴状を提出し、裁判の手続きをしてくれ」

「御意」

デルフィーヌが毒を仕入れていた取引履歴を含め、複数の証拠を押さえてある。それから、裁判に備えて最後にいくつかやっておくべきことがあった。

「同時に、前王妃が薬草を仕入れて高値で転売していた事実を記者に書かせろ」

「かしこまりました」

デルフィーヌの民衆からの心証をとことん悪くしておく。それが、裁判でウェスタレアを優位にするための作戦だ。デルフィーヌはルムゼア王国ではなかなか手に入らない、流行病に効く薬草をいくつかの異国から仕入れて、高値で売り払う商売をして莫大《ばくだい》な財を築いている。彼女が外交に口出しし、薬草の原産国アルチティスとの和平交渉が頓挫するようにさせていたのはその利益を独占するため。

今、庶民たちは流行病の被害で苦しんでいる。金《かね》儲《もう》けのために前王妃がそんなことをしていると知れたら、大批判されることは間違いないだろう。民衆から非難される中で、新たに裁判を行えば、デルフィーヌの有罪を望む方に民意は傾く。

依頼する記者は既に決めている。以前デルフィーヌを批判する記事を書いて大きな新聞社をクビになり、今は小さなところで働いている男に頼むつもりだ。

側近と入れ替わりに、リリーの身の回りの世話をしている侍女が部屋に入ってきた。フィリックスが来るように呼んでおいたのだ。

「お呼びでしょうか、殿下」

「よく来たね。君はいつもリリーの傍《そば》にいるね」

「……は、はい。私に一体、なんのご用ですか？」

フィリックスは彼女の顔を見つめながら優美に目を細める。優雅で美しい笑みに、彼女がうっとりと見蕩《みと》れたのを確認し、甘く誘惑するように囁きかける。

「……君の家は多額の借金を抱えていると聞いた。病床に伏した父親のために王宮で働いているなんて、立派だね。尊敬するよ」

「そ、そんな……っ。畏れ多いお言葉です」

ほんのりと頬を染めて俯く彼女に言う。

「その借金、僕が代わりに全て返してあげようか」

「えっ……？」

「その代わりに、僕が頼んだものを持ってきてほしいんだ。リリー王女が毎日書いている日記帳を」

「……そんなことで、よろしいのですか？　それだけで、借金を……？」

「ああ、約束する」

固唾《かたず》を飲み、分かりましたと答えて出ていく侍女を笑顔で見送る。リリーの日記を入手できれば、裁判の有力な証拠になるだろうとウェスタレアが言っていたのだ。

「金に釣られて主人を裏切るなんて……薄情な女だ」

しかし、実家が借金を抱えているのは事実であり、追い詰められている彼女を責めることはできないのかもしれない。

（ウェスタレア。僕がやれることはやったよ。君は証言台で——どう戦う？）

協力できることは全てしてきたつもりだ。隠された令嬢ウェスタレアが、権力の世界でどう立ち向かっていくのか。フィリックスはそれが少しだけ楽しみでもあった。

アルチティス皇国に渡ってから、どんな風にこの数ヶ月を過ごしていたのか。どんな風に成長したのか。次に会うときには、思い出話を沢山聞かせてもらおうではないか。

◇◇◇

夜会が終わってまもなく、ウェスタレアの屋敷に二通の書簡が届いた。一通目は皇家からで、内容は皇妃選定の最終候補に残ったという旨のもの。もうひとつは、フィリックスからだった。

フィリックスの書簡には、ルムゼア王国の新聞記事が同封されており、前王妃デルフィーヌが薬草の高額転売をして儲《もう》けていたことで、反発した国民たちによる暴動が各地で起こっていると書かれていた。

そして、前王妃と王女の裁判の日程も記載されていた。

「ペイジュ。実はね。あ……その……あなたに話さなければならないことがあるの」

「なんです？　また調理器具を買い足したいという交渉なら聞きませんよ。どうせ上達しないんですから」

居間のテーブルで、カトラリーを磨いているペイジュに話しかける。

無実を証明するための裁判に参加しなければならなくなった今、ペイジュには自分の正体を告げようと思う。彼女は素性も知れないウェスタレアにずっと忠義を尽くしてくれた。これ以上身分を偽るのは主として不誠実だろう。

本当の名前を打ち明けたら、きっと軽蔑される。罪人に騙《だま》されていたと怒りを覚えるかもしれない。

「……私は、コルダータという名前ではないの。本当の名は——ウェスタレア・ルジェーン」

「……！」

絞り出すように言うと、衝撃を受けた彼女は、持っていたフォークを床に落とした。処刑された世紀の悪女の名前を知らない者は、いない。

処刑に至るまでの真相や、これから潔白を証明するためにルムゼア王国で裁判が行われることも伝える。

「世間で私は、人々に敬愛される王女を暗殺しようと毒を盛り、公開処刑で死んだことになっているわ」

「………」

ペイジュもまさか、ウェスタレアが処刑された悪女だとは思わなかったのだろう。驚き、絶句している。

「……ずっと、騙していてごめんなさい。私の話を信じてなんて言わないわ。失望したならそれでいい。無理に私と一緒にいてとももう言わない……から」

本当は、最終選考までもそのあとも一緒にいてほしかった。そういうつもりで彼女を奴隷商で買い取ったのだが、彼女に対する友情が芽生えた今は、意思を尊重したいと思っている。

「――お辛かったでしょう……」

その刹那、彼女の瞳から涙が伝う。いつも飄々《ひょうひょう》としている彼女が、初めて見せた涙だった。予想外の反応に狼狽えるウェスタレア。もっと罵られたり、突き放されたりしてもおかしくはないと覚悟していたのに。

「主がそんなに大変なことを抱えていらっしゃったのに、全く気づけなかったなんて……」

「私のために……泣いてくれるの……？」

彼女の涙が、ウェスタレアを哀れんだものだと理解した。びっくりして立ち尽くしていると、彼女に抱き締められる。咄嗟《とっさ》に体を動かして解放されようとするが、彼女の強い腕力がそれを許さない。

「ちょ、ペイジュ……!?」

「本国に戻るおつもりなら、私もご一緒させてください。どこまでもお供します」

「……いいの？　私はルムゼア王国では、最低最悪の嫌われ者なのよ……？」

「何をおっしゃいますか。私にとっては恩人であり――大切な友です」

「！」

　ひとりぼっちで離宮にいたころ、やっとできたと思った友達リリーには、散々な裏切り方をされ、もう誰も信じられないと心を閉ざしていた。けれどペイジュと過ごした日々は楽しくて、凍った心を溶かしてくれるようだった。

「私のことを友達だと思ってくれるの？　私なんかのことを……っ」

「当たり前です！」

　自分のために泣いてくれる相手が、力になろうとしてくれる相手が、目の前にいる。

「私……ずっと友達が欲しいと思っていたの。――夢みたい」

花が綻《ほころ》ぶように破顔するウェスタレアに、ペイジュも目元を和らげるのだった。

「大切な友達のために、今夜の夕食は私が腕を振るうわ」

「お構いなく」

　そしてやはり、ウェスタレアの料理の腕前に関しては、相変わらず全く信用されてなかった。お決まりのくだりがおかしくて、二人はまた顔を見合わせ、声を出しながら笑った。

「あははっ、もう……ひどい。料理については随分と辛辣《しんらつ》ね？」

「料理と平気で借金をこしらえる金銭感覚は信用できませんね。まぁ、素性を聞いて色々納得です。お嬢様？」

アルチティス皇国を発《た》つ計画を立てたあと、ウェスタレアは家を出て街を歩いた。街に行けば、ばったりレオに会えるのではないか。そう思ったのだ。薬屋のアルバイトの開始時間はとっくに過ぎている。こんなところをほっつき歩いていてはならないのに、祖国に戻る前に一度会いたくて。

随分遠回りをしてようやく着いた薬屋の近くのベンチに座り、陽の光を鏡のように反射する湖面を眺める。

（アルバイトをサボるなんて……私、どうかしてるわ）

ウェスタレアが物事を放棄するのは、これが初めてだった。彼と最後に会ったのは二次選考の前。それから毎日のように、気づいたらここに来てしまうのだ。目の前の道を誰かが通る度に顔を確かめては、人違いだとがっかりしての繰り返し。

一体何をしているのだろう。自分の行動にいささか呆《あき》れ返り、ため息を漏らす。こんなところで時間を潰したって仕方がないと立ち上がり、湖を離れようとしたそのとき――。

「――誰を待っている？」

「！」

後ろから声をかけられて立ち止まる。振り返るとそこに待ち焦がれていたレオがいた。無意識に気分が高揚する。

彼はつかつかとこちらに歩み寄り、ウェスタレアの顔を覗き込みながら、不敵に口角を上げた。

「俺、か？」

「――ち、ちが……」

かっと顔を赤くして沈黙するウェスタレア。少しの間迷った末に、こくんと頷くと、レオはどこか嬉しそうに眉尻を下げた。

二人は湖の周りの小道を歩く。

「以前、あなたは言ったわよね。皇妃は皇太子の女になるから、もし選ばれたら会うことはできないと」

「……ああ、言った」

「それは嘘よね。だって――」

ウェスタレアは足を止め、彼を見上げる。

「あなたが――皇太子本人だから。あなたの名はレオナルド・オレンシア。アルチティス皇国の皇帝になるお方」

レオは特に驚く様子もなく、ただ「そうだ」とだけ答えた。

耳に下げていた次期皇帝を示すピアスを外して差し出し、深く頭を下げる。

「これまでの数々の非礼、お詫びのしようもございません。まさかあなたが皇太子殿下とは知らずに……。いえ、知らなかったとはいえ、許されない所業でした」

「全くだ。これまでの人生で、誰かにこうも振り回されたことはない」

「……」

手からピアスを取り上げられる。ウェスタレアは何を言われるのだろうかと身構えた。

初対面のとき、助けてもらったのに毒薬がついた針を刺したことから始まり、カジノに連れ回して膝の上で嘔吐《おうと》したり、炭のように焦がしたクッキーを強引に食べさせたりと、彼への数々の不敬が思い出される。

　彼が片手を上げたのを見て、ウェスタレアはびくと肩を跳ねさせた。

(叩かれる——!?)

　まさか、彼は女性に手を上げるはずはない。でも、自分がしてきた行いは、一発叩かれたくらいで許されるようなものではない。ウェスタレアは固く瞼を閉じた。

　すると、右耳に冷たい金属の感触が触れて、はっと顔を上げる。レオナルドは取り上げたピアスをもう一度ウェスタレアの耳につけた。——どうして、と聞く前に彼が言う。

「これまで散々ひどい目に遭わせてくれたんだ。しっかりと償ってもらわないとな」

「つ、償う……?」

「ああ。俺が許すまでそれはお前が持っていろ。お前への——罰の証しだ」

「でもこれは……この耳飾りは、あなたにとって、とても大事なものなのでは……」

　この紋章は言ってみれば身分証だ。部外者でも宮殿の禁書庫への出入りや、重要書類の閲覧までできてしまう代物。

「そうだ。だからお前が失《な》くしたりしていないか定期的に確かめなくてはならないだろうな」

　それではまるで——次に会う口実を作ろうとしているようで。意図を理解したウェスタレアは目を瞬かせてから、ふっと笑った。そして、いたずらを思いついた子どものように返す。

「でも私、お金に困って売り飛ばしてしまうかもしれないですよ。ああ、うっかり床に落として踏んでしまうこともあるかも」

「お、おい。ならやっぱり返せ」

「——嫌よ」

伸びてくる手をすいとかわし、耳を押さえる。

「だから、約束をください。私がこの耳飾りを管理できているか、確かめに来るお約束を」

こうやって遠回しに『会いたい』と伝えるのが、ウェスタレアの精一杯だった。彼は伸ばしかけていた手を戻す。

「矢を射たことはあるか？」

「ない……けれど」

「皇館で狩猟祭が行われる。気分転換に毎年参加しているのだが……。来るか？　お前も」

「行きたいです……！」

日程は最終選考の少し前だった。そしてちょうど、前王妃と王女の裁判のあと。裁判に勝てば、ウェスタレアはもう一度その名前を名乗る権利を得ることができる。

逆にもし負けたら、二度と名誉を挽回《ばんかい》することはできないし、生きて帰ることもできないだろう。

（もう……この人に会えないかもしれない）

処刑されたときには、弁明の余地は一切与えられず、いきなり有罪判決が決まった。そして、ようやく巡ってきたチャンス。今度こそは、リスクがあっても自分の力で無実を勝ち取ろうと思っている。彼と会うのは最後になるかもしれない。けれど、寂しさを心の奥にしまって、そっと微笑む。

「……では、次にお会いできるのはしばらく先ですね」

「そうだな。……次に会う前にひとつ、頼んでもいいか？」

「……ええ。なんでしょうか」

「ハンカチに刺繍を施してほしい。――俺のために」

「！」

異性に渡す刺繍入りのハンカチは、愛情の証しとされる。狩猟祭が行われるとき、女性たちは恋人や夫の無事を願って、ハンカチを送る文化がある。ハンカチを自分から望むことの意味は、ウェスタレアの愛情の証しが欲しいということ。彼の気持ちを理解し、頬をほんのりと朱に染めて、「分かった」とはにかむ。

「ええ、狩猟祭の日までにきっと。……どんなお花が好きですか？」

「藤の花」

「…………」

藤の花は、ルムゼア王国でウェスタレア・ルジェーンを指す。

（レオは恐らく、気づいている。私の正体に）

それでもあえて直接的に聞いてこないのは、彼なりの配慮だろう。近々ルムゼア王国で裁判が行われることは有名な話。ウェスタレアが動こうとしていることも聡《さと》い彼は気づいているかもしれない。

レオナルドの視線の先には、満開の藤棚が。

「私も好きです。——藤の花が。……ハンカチをお渡しするとき、私の秘密を聞いてくれますか？」

「ああ。お前の話なら、なんでも聞こう」

「ありがとうございます。……レオナルド様」

「レオでいい。私的な場では、今までのように接しろ」

「で、ですが……」

彼はそっと顔を近づけて、「俺がそうしてほしいんだ」と付け加える。その表情が妖艶で、優しくて、ウェスタレアの心臓が脈打った。

「分かったわよ。……レオ」

ウェスタレアは初めて彼と『次に会う約束』を交わす。

「それじゃ、また……」

手を振って踵を返すウェスタレア。

別れたあと、後ろ髪を引かれる思いでとぼとぼ歩くが、途中で立ち止まって振り返る。彼も帰らずにそこに留まりこちらを見送っていた。どちらからともなく駆け寄り抱き合う。彼は耳元で囁いた。

「逃げてもいいんだぞ。このまま自由に生きられるように——俺が守ってやる」

名前を失い、いつ正体がバレるか分からない恐怖を抱えていく人生は、自由とは言えない。ウェスタレアは彼に抱き締められたまま答える。

「私は逃げないって……あなたが一番よく知っているでしょ？　だから、信じていて待っていて……。またあなたに会えるように、頑張るから」

ぎゅうと抱きつきながら、掠れた声を絞り出す。レオナルドは長い白銀の髪を労《いたわ》るように撫《な》でる。

彼の手から伝わる温もり、その手つきの優しさに、鼻の奥がつんと痛くなる。離れがたい。こうしてずっと触れていてほしいのに。

「――ああ、約束する。だからお前の思うままにやれ。信じて待っている」

思うままにやれという言葉が、ウェスタレアの背中を押した。

◇◇◇

裁判に向けて、ウェスタレアは一度ルムゼア王国に帰ることになった。長すぎる休暇になってしまうので、薬屋でのアルバイトは辞めることに。

本国で罪を晴らせたら、公爵令嬢としての地位を取り戻すことになるため、アルバイトをする必要もなくなるだろう。

「また刺繍ですか？　選定で使う予定でも？」

「……これは、レオに贈ろうと思って」

「なるほど。どおりで凝ってる訳だ」

移動中の揺れる馬車の中で、ウェスタレアは刺繍道具を広げていた。レオナルドにハンカチを渡

すということで、喜んでもらいたくて気合いが入ってしまい、二次選考のときよりもデザインに悩んだ。

「……からかわないで」

「からかってなんかないですよ。将来——夫になるかもしれない相手と仲がいいのは結構なことですから。まぁ、あの男はどうも虫が好かないですけど」

「あの男って……。彼はこの国の皇太子殿下なのよ？」

「身分は非の打ち所がないですが、人格はまた別の問題です。あの上から目線の偉そうな感じが私は気に入りません」

　ペイジュはどうも、レオのことが気に入らないらしい。

（偉そうな感じも何も、偉い人なのよ）

　非難めいた口ぶりに、思わず尋ねる。

「どうしてそんなに気に入らないの？」

「昔から見た目がいい男が大嫌いなんです。……前の主人も、顔だけはいいろくでなしでした。顔がいい男はクズだと相場が決まってるんですよ。あの男を見ているとムカムカしてつい足が滑って蹴り飛ばしそうになったり、ついうっかり手を滑らせて剣で両断しそうになります」

「それはうっかりではなく故意というのよ。脳内だけにしておきなさい」

「脳内ならいいのか」

　散々コケにしているが、ペイジュもその『見た目がいい男』にしか見えないときがある。しかしそれについては、また何か怒らせても面倒なので、口にするのを控えておくとしよう。

「偏見がすごいけど……まぁ、気持ちは分かるから」

エリザベートに初めて会ったとき、愛想がよくて人当たりがいい感じが、リリーを彷彿《ほうふつ》とさせてなんとなく嫌だった。潜在的にエリザベートに嫌悪感を抱いたのは、過去のトラウマがそうさせたのだろう。人には苦手なものはある。折り合いをつけてやっていくしかないのだ。

「ところでこのハンカチ、ペイジュにもあるわよ」

すでに刺繍が終わったハンカチを、裁縫箱の中から取り出す。これはいつもお世話になっている礼に、ペイジュのために作ったものだ。藤の花に剣を描いている。

「え……主が私のために？　いいんですか？」

「ええ。いつもありがとう。本当にささやかだけれど、感謝の印よ」

ハンカチを受け取った彼女は、嬉しそうに「大事にします」と顔を綻ばせるのだった。レオとお揃《そろ》いのデザインだけど、と言ったらまた機嫌が悪くなりそうなので、黙っておく。

「本国に戻ったら、あなたはウェスタレア・ルジェーンの騎士になる。中傷を受けるかもしれないわ。……悪いわね」

「――全て覚悟の上です。ウェスタレア嬢のことは私がお守りします。私のたったひとりの主」

彼女は、今ウェスタレアが信頼を置ける唯一の騎士だ。

ルムゼア王国に戻って、フィリックスが用意してくれた屋敷に寝泊まりすることになった。彼がデルフィーヌとリリーを告訴したことで、世間は大騒ぎになっていた。

居間の大きなソファに腰を下ろし、裁判について書かれた新聞を読んでいるウェスタレアに、ペイジュが紅茶を淹《い》れる。

「前王妃様は狡猾で……おまけに力があるからこそ厄介な相手なんですよね。判決を覆すことが簡単にできてしまうのでは？」

例えば、裁判官を買収したり、脅したりすることもできる。偽の証人を用意したり、証拠を捏造《ねつぞう》することも。フィリックスが証拠を押さえているとはいえ、簡単に勝てるような相手ではないのだ。

「――だからこそ私が立って、無実を聴衆に訴えかけることに意味があるわ」

堂々と生きていくためには、自分で立ち向かうしかないのだ。もし裁判で前王妃たちが無罪になれば、もはやウェスタレアが潔白を示す機会はなくなる。冤罪《えんざい》を晴らし、リリーを上回る権力を手に入れる。最初に決めた復讐のためには、裁判をしないという選択肢はない。

「そういえば、母国に帰ってきたのに、実家にはお戻りにならないんですか？」

「………」

ウェスタレアは紅茶を飲んでいた手をぴたりと止める。

「もう絶縁してるの。生きていることを伝える気もないわ」

両親は権力欲はあっても、ウェスタレアに対する関心は持ち合わせていなかった。もしウェスタレアに対して愛情の欠片でもあったなら、王妃候補として離宮に閉じ込められているときに外に出そうとしてくれていたはずだ。しかしそうはせず、娘が王太子妃という地位につく名誉を愛し、ウェスタレアの境遇には同情さえしなかった。

処刑されるときも、冤罪を訴えてはくれず、処刑場にも足を運びさえしなかった。そういう、軽薄な人たちなのだ。

「主……」

「言いづらい話をさせてしまってすみません」

「気にしなくていいわ。――でも今は、あなたのことを家族みたいに思っているわよ？」

ペイジュは感激した様子で眉尻を下げた。

ウェスタレアが屋敷に到着したタイミングで、フィリックスの使者が来て、裁判で使えそうな証拠品が届けられた。引き出しから紙とペンを引っ張り出してきて、今後の計画を立てていく。

「そのリストは？」

「裁判までに私が会うべき人たち。もしかしたらすでに前王妃の息がかかっているかもしれないから、よくよく見極めが必要なの」

集めなくてはいけないのは、前王妃の悪行を訴える証人だ。なんでも構わない。前王妃の悪人さが際立てば際立つほど、ウェスタレアを陥れたことに説得力がつくから。裁判には大勢の人が傍聴に集まる。そこで民意を味方につけることが重要なのだ。死んだはずのウェスタレア・ルジェーンが弁論に立てば、さぞかし注目が集まることだろう。すでにフィリックスにはこの証人集めに協力してもらっており、それを精査してリストに線を引いていく。

「主はなんというか……本当に『行動力』の人ですね」

「ふふ、もう執念で生きてるって感じよ。証明したいの。権力に押し潰されそうになっても、打ち勝つ底力が誰にでもあるということをね。そして、誰かの小さな勇気に繋がったらいいなって。離宮の隅っこに追いやられて縮こまっていた私にもできるのだから、あなたも大丈夫よって」

少なくともウェスタレアは、理不尽をただ嘆いたままでいたくはない。黙々と作業を進めつつ、ペイジュに言う。

「明日は王宮に行くわ。あなたは早く休みなさい」

「では、お言葉に甘えて。主も無理だけはなさらず」

「分かっているわ。ああ、そうだ――」

ペイジュには客室が用意されている。しかし、部屋を出ていこうとする彼女を引き留めた。

「ペイジュ。矢を射るのは得意？」

「人並みにはできます。それが何か？」

「屋敷に射場があるから、時間があるときに教えてくれない？　今度狩猟祭に行くから、レオをびっくりさせたいの」

「そういうこと。まぁいいですよ。それじゃ、おやすみなさい」

「おやすみ」

ペイジュが出ていってひとりになった部屋で、ウェスタレアは一冊の本を開いていた。

（これは……）

フィリックスが押収した証拠品のひとつであるリリーの日記帳。フィリックスが侍女をそそのかして押収したものだ。女の子らしく、見覚えのある筆跡で綴《つづ》られた文章に目を見開く。そして、小さく呟いた。

「リリー……。これが、あなたの本心なのね」

◇◇◇

翌日、ウェスタレアとペイジュは王宮に行った。厚く化粧をしてそばかすを描き、ウィッグを被《かぶ》り、更に外套《がいとう》のフードを被ってできるだけ姿を隠す。ウェスタレアを見ても、処刑された悪女だと分かる人はほとんどいないだろう。

「こんな場所にひとり目の証人がいるんです？」

訪れたのは王宮の懲罰房。ウェスタレアの目当ての相手は、ここで清掃員をしている。牢屋の前で掃き掃除をしている男性を見つけて声をかける。

「こんにちは。あなたが亡くなったカロライナさんの旦那さん、トーニオ・ウーゴさん？」

「え、ええ。そうですが……」

「奥様が――前王妃に毒を盛られたお話を詳しく聞きたいのだけれど」

「それは……っ！」

トーニオは驚き、持っていたほうきをカランと落とした。青白い顔を浮かべてこちらに迫ってきた。

「ここでは誰が聞いているかも分かりません。――奥へどうぞ」

案内されたのは、懲罰房の管理室。人はおらず、古びた木と埃《ほこり》の匂いがする。トーニオはペイジュに茶を用意してくれた。あなたたちは何者なのですかと問われる。

「――前王妃と王女の裁判の、被害者側の弁護人をしているの」

「……ウェスタレア公女の」

「そうよ。前王妃に関係する証言を集めているから、あなたに力を貸していただきたくて。奥様のために戦えるチャンスは、そう巡ってくるものではないわよ」

「…………」

彼はカップを握り締め、亡き妻の話を始めた。

カロライナは王宮の下女をしていた。しかしあるとき、王宮の掃除中にデルフィーヌが異国人と話しているのを目撃し、何か見てはいけないものを見たのだと察してその場は逃げた。だが、スカーフを落としてしまい、すぐに前王妃が持ち主を突き止めたのだった。その日はたまたま雨が降っていて、王宮の近くで働いていたトーニオはカロライナに傘を届け、事の経緯を聞いた。トーニオは狼狽える妻に「仕事が終わって家に帰ってから、それについてゆっくり話そう」と伝えて一旦仕事に戻った。

その日の夕方、茶会と称した集まりに呼び出されたカロライナは、追及を受ける。見たもの、聞いたことは口外しないと誓いを立てたが、猜疑心《さいぎしん》の強いデルフィーヌはそれを信じなかった。

「――そして妻は……冷たくなって帰ってきました。その場に居合わせた者の話によると、前王妃様に出された飲み物を飲んだ瞬間、泡を吹いて倒れたとか……」

「でも、死亡診断書は病死と書き換えられたのよね。実際には中毒死だったのに」

「……おっしゃる通りです」

「あなたは直接奥様のご遺体を見たの？」

「は、はい。唇や手のひら、背中が青緑色に変色しておりました」

「褐色死斑が出ていたのね。他には？」

「……確か、関節のあたりに水疱《すいほう》があって……」

ウェスタレアは彼から死後の状態を聞いて書き記していく。顎に手を添えて思案する。カロライナの死後の状態から、いくつかの毒草が思い浮んだ。どれも処刑に使われたアギサクラギと同じ、この国では滅多に手に入らない毒。

「――中毒死の典型的症状で間違いないわ。病死じゃない」

カロライナは口封じのために殺されたのだ。そして夫であるトーニオは、妻の死を明らかにし、デルフィーヌに一矢報いる機会を得られないかと、王宮の中に忍び込んで労働していた。

「それで……奥様は具体的に何を見て、聞いたというの？」

「異国人との交渉現場を見て、『デボラ』という言葉を聞いたとか。私にはそれがなんのことかさっぱり……」

なるほど。ここで繋がるのかとウェスタレアは肩を竦めた。

「デボラはアルチティス皇国の商会の名前よ。金さえ積めば、どんな違法の代物でも売ってくれるという商売をしている。前王妃はデボラ商会の上客で、王宮にバレないように、武器や毒を入手していたの」

「そんなことのために妻は……殺されたのですか。そんな、秘密のために……」

トーニオの声は震え、瞳から涙を流している。

ウェスタレアは彼に、証言台に立ってほしいと改めて依頼した。万が一、裁判に負けたら報復を受けるかもしれないということを前置きして。

「ぜひ、協力させてください。どうせ私には失うものはありません。これを妻への最後の弔いにしましょう」

「そのお覚悟、感服いたします」

こうしてウェスタレアは、ひとり目の証人を得た。

「ペイジュ。カロライナさんの死後に診断書を出した医者を調べるから、至急会いに行って。言っておくけど、死亡診断が誤りだったことを認めるまで帰ってきてはだめよ」

「ええっ⁉　そんな、無茶な……」

ウェスタレアの無茶な要求に、ペイジュは面食らうのだった。

トーニオと別れてから、デルフィーヌと因縁がある侍女や下女、宮廷の役人などに交渉をして回った。デルフィーヌたちに動きを勘づかれないように、慎重に進める。彼女に深い恨みを持つ者たちは、交渉に応じてくれた。

「……驚きました。前王妃と関係がある者をこれほどよくご存じでしたね」

「私もただひっそりと暮らしていた訳ではないわ。王宮の人たちの噂話《うわさばなし》に耳を傾けて、情勢を理解しようとしていたの」

あのころは、何も知らずにいたくないという思いで集めていた情報だった。しかし、有力な証人を集められたのは、自分の力だけではない。

（感謝しています。フィリックス様）

フィリックスの調査してくれた情報があったからだ。ウェスタレアは作ってきたリストを握り締めた。

「……ですが、王女様に関する悪い噂《うわさ》はさっぱり聞きませんね」

「彼女は立ち回るのが巧いのよ。少なくとも王妃という地位を手に入れるまで、下手に評判を下げるようなことはしないでしょう」

リリーはいつも笑顔で、愛想がよく、蝶《ちょう》よ花よと愛される人気者だ。とても他人を騙すような人には見えなかった。ウェスタレアも、彼女の笑顔に騙されていたひとりだ。

王宮の敷地内。視線の先に可憐《かれん》な娘が通りかかった。まっすぐ伸びたプラチナブロンドの髪が揺れるのと同時に、白い帽子が飛ばされてこちらに飛んでくる。

ウェスタレアが足元に飛ばされた帽子を拾い上げると、彼女は目の前まで駆け寄ってきた。

「拾ってくださってありがとう！」

帽子を受け取り、花が咲いたような笑顔を浮かべたのは――リリーだった。

実に処刑の日ぶりの再会である。ウェスタレアにとって因縁の相手。髪色を変えて化粧で顔を隠してはいるが、できるだけ目を合わせないようにする。すると彼女はこちらをじっと見つめて言った。

「あなた、どこかでわたくしと会ったことがある？」

「…………」

声を出したら正体が分かってしまうかもしれない。だからウェスタレアは、わざと枯れたような声を出した。

「な、ないと思います」

「……随分と低い声なのね？」

「ちょっと風邪気味で……ごほっ、ンン」

「やっぱり、見覚えがあるような……。ちょっとそのフード、外してみてちょうだい」

いくら変装していると言っても、顔をまじまじと観察されたらウェスタレアだとバレてしまうだろう。突然の命令に、どきっと心臓が跳ねる。

フードを外すことを躊躇《ちゅうちょ》していると、ペイジュが助け舟を出してくれた。

「――悪いですけど。フードの中をお見せすることはできません。彼女には額に大きな傷があるんです。急いでいるのでこれで失礼しますね」

はっきりとした物言いに、リリーの後ろにつき従っていた侍女が顔をしかめる。

「ちょっとあなた！　この方は王女様なのよ⁉」

「それが何か？」

「その失礼な態度を改めなさいと……」

ペイジュの端正な顔に見つめられて、侍女が一瞬見蕩れかけたところで、リリーが制する。

「もういいわ、やめなさい。ごめんなさいね。わたくしったら配慮に欠けていたわ。でも本当にあなた、どこかで見たことがあるような――」

彼女が小首を傾げたとき、遠くから別の侍女が「急いでください」と呼んだ。

「もう行かなくてはならないわ。それじゃあ、またどこかで」

手をひらひらと振りながら慌てて去っていくリリー。ペイジュのおかげで命拾いしたと安堵《あんど》する。

「肝が冷えたわ。ありがとう、ペイジュ。彼女がリリー王女よ」

「へぇ、あれが。告発されている立場だというのに、随分と余裕の様子ですね」

「……すでに前王妃が手を回しているのでしょう」

長い付き合いなのに、少しも本心が見えてこない。処刑のときに初めて見せた意地の悪い笑顔を思い出し、背筋に冷たいものが流れた。

◆◆◆

リリーは王宮内の前王妃の部屋に向かっていた。本宮の中で最も贅《ぜい》を極める一室。扉には曲線を描く精緻な彫刻が施されており、扉の脇には立派な騎士が数名控えている。

「――中へ通してくれる？」

「はっ！」

騎士がデルフィーヌに確認を取り、入室を許可してくれた。部屋に入る前に、リリーは彼らに微笑みかけた。

「いつもお仕事ご苦労様です。……ずっと立ったままでは大変でしょう」

「い、いえ！　こちら、交代制での勤務ですので！」

「そう……？　いつも前王妃様を護《まも》ってくださってありがとう。感謝しているわ」

リリーの労いの言葉に、二人の騎士はぽっと頬を紅潮させる。リリーが連れていた侍女たちも、その優しさに感心している。

（本当にチョロい人たち。これでまた王宮内の好感度はうなぎ登りかしら？）

しかし、デルフィーヌの部屋に入って二人きりになって初めて、淑《しと》やかな令嬢として貼り付けていた笑顔を消した。

デルフィーヌはひとりがけの大きなソファに腰を沈め、優雅に昼間から酒と甘味を嗜《たしな》んでいる。テーブルに彼女の好物のチョコレートが所狭しと並んでいた。

「あなたも一緒にどう？　このチョコレート、有名店の今季の新作なの」

「結構です。それより――」

冷めた表情で彼女の元に歩み、上から見下ろして言う。

「忠告に参りました。――軽率な行動は控えるように、と」

「へぇ、あなたが私に？」

穏やかだったデルフィーヌの目つきが、試すようなものに変わる。しかしリリーは全く動じない。

何者かによって、デルフィーヌが異国から流行病に効く薬を買い占め、高値で売り設けているという情報が世間に流された。そのせいで民衆の反感を買い、デルフィーヌの評判が悪くなっている。大事な裁判を控えているというのに。

（この件はきっと、フィリックス様が関与している。そうとしか考えられないわ）

「何をそう焦っているの。狼狽える必要はないわ。薬草の買い占めはデマだった。記事を書いた人間は処罰する。これで解決でしょう？」

「求心力が下がっていることが深刻なんです。今私たちは告訴されているんですよ!?」

「それも心配ないわ。偽の証拠も作ったし、証人も用意した。裁判官は私の息がかかっているわ。それに、毒を入手したルートは突き止められるはずがないしね」

ルムゼア王国が交易を禁じているアルチティス皇国のデボラ商会から仕入れているのだ。フィリックスもそこまでは調査を回さないとは思うが。でも、何かおかしい。

「本当にそれで問題ないと……お思いですか」

確かに、今までならうまくいっていただろう。デルフィーヌは権力を行使して、いく度となく自分の罪を隠ぺいしてきた。でも今回は、嫌な感覚がするのだ。気づかないうちに、誰かに足をすくわれているような感覚がする。

「おかしいとは思いませんか？　これまで前王妃勢力に迎合していた王太子が、突然反旗を翻すような真似をするなんて。……死んだ者の潔白を晴らすためだけに、そのようなことをする利があるとは思えません」

それに、墓から持ち出されたウェスタレア・ルジェーンの遺体がどこからも見つかっていないのが奇妙だ。

「ははっ、まさか彼女が生きているとでも？　血を吐きながら死ぬ瞬間をその目で見たのでしょう？」

「それは……そうですが」

処刑の日、確かにリリーはウェスタレアの最期を見た。しかし、薬殺刑は七転八倒の苦しみと聞いていたのに、あっさりと彼女は意識を失った。まるで——ただ眠るように。悶《もだ》え苦しむ姿が見れるのを期待していたのに、あっさりしすぎていた。

しかし、彼女が埋葬されるまで不審な動きはなかった。フィリックスが棺《ひつぎ》に、罪人相手に嫌味なほど贅沢すぎる宝飾品を手向けたことを除いて。

そして、もうひとつ引っかかっていることがあった。ウェスタレアが毒杯を飲み干す前、余裕の表情を浮かべていたことだ。それはただの強がりなどではなく、彼女の瞳には燃えたぎるような闘志が宿っていた。

ウェスタレアはいつだってされるがままで、自我がない女だという認識だった。頭もよく、能力も優れているのに、宝の持ち腐れ状態で。でもリリーの裏切りをきっかけに、彼女の何かの扉を開いてしまっていたら。どこかで生き延びていて、リリーに復讐するためになりを潜めているのではないか。

（さすがに考えすぎよ。……こんなのどうかしているわ。ウェスはそんな反骨心があるタイプじゃないもの。私が一番よく知ってる）

　きっとただ疲れているだけだ。馬鹿な考えは捨てよう。

「私はただ、お母様と私の幸せが妨げられるのが怖いのです。お母様とともに、いつまでも健やかで幸せに暮らしていきたいから」

「まぁ、リリーったら。相変わらずお母さん子ね」

「ええ。お母様のことが世界で一番大好きです！」

　きっとデルフィーヌが全て丸く収めてくれる。今までのように、自分はこうして彼女に気に入られるように振る舞っていればいいのだ。

　リリーは愛らしい笑顔を浮かべて、デルフィーヌの肩に甘えるように顔を擦り寄せた。

◆◆◆

　ペイジュはウェスタレアの命令を受けて、さっそく王都から離れた田舎の村を訪ねていた。鳥の羽ばたきがどこかから聞こえ、空気が澄み切っている。

（こんなところに例の宮廷医がいるのか？）

カロライナの死亡診断書を書いたのは、アルゼットという名前の医師だった。

この地域は未開発で、見渡す限り自然しかない。ところどころに放牧地や民家があるが、どれもみすぼらしくて貧しさが窺《うかが》える。アルゼットは数年前に宮廷医を辞めて故郷に戻ったことになっている。――書類上は。

彼の故郷は王都の近くにある。しかし彼は、王都から遠く離れた辺境で、息を潜めて暮らしていた。それを突き止めるのには、フィリックスが協力してくれた。

（……それにしても、主は人使いが荒い人だ。『脅してでもカロライナが中毒死だったと認めさせろ』なんて）

もしかしたら自分は一生この田舎に留まることになるのではないかと想像して肩を竦める。

（放牧でもしながらのんびり暮らそうかな……）

そこまで想像したところで首を横に振る。ウェスタレアの方も相当頑張っているので、彼女のためにできることをしなくては。

しばらく歩いてようやく村人を見つけ、声をかける。

「あの……すみません。アルゼットという方をご存知ですか？」

「ああ、医院をやってるアルゼットさんならいつもお世話に――ってイケメン！」

「へ？」

「ちょっと皆集まって！　イケメン騎士が来たわよ！」

女性の呼び掛けで、ぞろぞろと村の女性たちが集まってくる。どこから来たのか、結婚はしているのかと根掘り葉掘り聞かれて、困惑するペイジュ。

「えっと、レディーたち。声をかけてもらえて嬉しいですけど、私は女ですよ」

「「ええっ⁉」」

自分は同性なのだと説明し、女性たちから解放されたペイジュは、やっとの思いでアルゼットが経営する医院に辿《たど》り着いた。予想外に疲弊し、ぼろぼろになった状態で小さな建物に転がり込む。

「いらっしゃい。今日はいかがなさいましたか？　お顔色が優れませんね」

白衣を着た人の良さそうな医師が、二人の看護師とともに笑顔で出迎えてくれる。ペイジュはなんのてらいもなく剣を引き抜き、彼の首筋に添えた。

患者だと思っていた相手に剣を向けられるとは予想もしていなかった医者が、わずかにたじろぐ。

「宮廷医をされていた——アルゼットさんですね？　死亡診断書を改ざんしていた件について聞きに来ました。全て正直に話してください」

「……！」

命が惜しければ、と言うように視線で威圧すると、アルゼットはびくと肩を跳ねさせて目を見開き、降伏を示すように両手を上に掲げた。ペイジュの美貌に見蕩れていた看護師たちも、後ろでひっと小さく悲鳴を上げた。アルゼットは少しの逡巡《しゅんじゅん》のあとで言う。

「いつかこのような日が来ると覚悟しておりました。……全て正直にお話しいたします。前王妃様の命で、私がしでかした罪を……」

そう言って彼は部屋の奥に行って書類の山を持ってきた。テーブルの上に広げられた書類を手に取ると、それはカロライナを含む複数人の死亡診断書だった。それぞれ、正規のものと偽造したものが揃えてある。

「死亡診断書の偽造は、ひとりだけじゃないんですか？」

「はい。私は前王妃様の命令で何度も……死亡診断書を書き換えさせられました。カロライナ様を含め亡くなった方たちは全員、中毒死の症状が見られました」

　アルゼットは、彼らが皆前王妃に毒殺されたことを薄々気づいていた。だが、前王妃に逆らえば何をされるか分からなかったため言うことを聞くしかなかったという。

　しかし、アルゼットは死亡診断書の書き換えを命じられる度、手続きに必要になるからという口実で――複数枚書いていた。王宮に提出する偽造診断書に、デルフィーヌの前で焼いて処分する演出用の正規の死亡診断書。そして、手続きに必要な枚数のみを書いていると見せかけて、それぞれを一部ずつ、こっそり手元に残していた。

　そして、死亡診断書偽造の証拠を持って田舎に逃げてきたのだった。バレたら前王妃に命を脅かされないのに、そのような行動を取ったのは、犯罪に加担した自責の念からだった。

「これらの書類を全てあなたに差し上げます」

「い、いいんですか？　これが世に出れば、あなたもただではすまないですよ」

「……よいのです。そのつもりで証拠を持ち出したのですから。前王妃様は突如宮廷から姿を消した私を探していたようです。彼女に消されるのが先か、犯罪者として社会的に消されるのが先か……

その違いだけです」

ペイジュは書類を預かり、アルゼットの覚悟に感謝の意を伝えた。

◇◇◇

ルムゼア王国に帰国して一週間。翌日に裁判を控えたところで、前王妃の評判は更に低下していた。

ウェスタレアは王宮内を聞き回って集めた前王妃の悪評を、ペイジュとともに町中に張り付けた。内容は、彼女が王宮の使用人たちを度々恫喝《どうかつ》し、嫌がらせをしていたこと、血税を使って贅沢三昧《ぜいたくざんまい》していることなどだ。彼女の大好物のチョコレートは、庶民など一生口にすることはできない高級品。フィリックスが記事を書かせた流行病の薬草買い占め事件で、ただでさえ批判を受けていたので、この記事の反響は絶大だった。前王妃を追放しろという声があちこちから上がっている。

（民意がここまで動けば……準備は万端ね）

これは、フィリックスの周到な調査のおかげでもある。彼はすでに、前王妃と対立していた派閥の貴族たちを味方につけており、当日の裁判官のうち数名は、それらの貴族を忍ばせた。

（過去にこれほど追い詰められたことはないでしょうね。リリーも焦り始めているはず）

王宮敷地内の射場。ウェスタレアは的に向けて弓を構え、矢を放った。――トンッという音とともに、矢の先が中央から少しずれて当たった。

「惜しい。それにしても、ウェスタレアは上達が早いね」

「……それほどでも」

この一週間、裁判のための準備に並行して、ペイジュに教わりながら弓の練習をしてきた。

ウェスタレアは要領がよく、あっという間に上達していった。今日はフィリックスが遊びに付き合ってくれている。彼は思わず見惚《みほ》れてしまうほど綺麗な射型で矢を放つ。まっすぐ飛んでいった矢は、少しのブレもなく真ん中に当たった。

「……もし前王妃たちが王宮から消えれば、ここの空気も少しは綺麗になるかな?」

「ええ。……きっと」

デルフィーヌは自分の権力を使って、あらゆる罪を犯してきた。悪人は報いを受け、災いが降りかかる。それが世の中の摂理だ。自戒の意味でも、ゆめゆめ忘れてはならない。

「もう少し上に構えて。そう、いい感じだ」

フィリックスは弓を置き、こちらにそっと近づいて、ウェスタレアの射型を正した。彼はウェスタレアの腕を支えながら囁いた。

「ウェスタレア。――本国に戻る気はあるかい？　もう一度、この国の王妃になる意思が。君にはその権利がある」

「お戯れを。選ぶ権利もあります」

「………」

ばっさりと彼の言葉を切り捨てて、そのまま矢を放つウェスタレア。

「私は一度、この国に悪女としてこっぴどく捨てられました。王宮の端に追いやられ、それでもなお国家のために頑張ってきたのに、国家は私を守ってはくれませんでした」

守ってくれなかったのは、公開処刑が初めてではなかった。離宮に幽閉されていたときも、誰もウェスタレアを助けようと声を上げてくれなかったのだ。自分のことを晒《さら》し者にした国のことも、罵声を浴びせてきた民衆の睨み顔も、忘れることはできない。彼のことを見上げて答える。

「私が忠義を尽くす国は――自分で決めます。もちろんフィリックス様には感謝していますが、私は新しい場所で頑張るつもりです。腐敗した王宮の膿出しをお手伝いして、この国での務めは最後にさせてください」

「……そっか。それが君の意思なら応援するよ」

「わがままを言って申し訳ございません」

「わがままだなんて思ってないよ」

不自由と窮屈を強《し》いられるのはもううんざりだ。きっぱりと断る意志を示すと、彼は少し残念そうにしていた。彼に能力を高く買われていることはよく理解している。

「それから実は……アルチティスで好きな人が……できて」

「！」

そう告げると、今日初めてフィリックスの矢が的を外れた。彼は目を見開かせながら、こちらを振り返った。

「その相手が――皇太子殿下なの」

「レオを？　へぇ、なるほど。そういう理由もあるんだね」

フィリックスとレオナルドは留学先が同じで、敵国の王族同士ではあるものの相当親しい仲らしい。恥ずかしげに頷くと、フィリックスはなぜか、寂しそうに微笑むのだった。

「僕はただ、君の幸せを願っているよ」

◇◇◇

そして、とうとう裁判の日を迎えた。

前日に染めた髪は『隠された令嬢』時代と同じ――赤。処刑された日と同じ、悪女ウェスタレアの姿が再現される。完成した姿を見たペイジュがなぜ髪色を変えるのかと驚く。

「白銀の髪は、老いの象徴として蔑視されるのよ」

「そんな話……私は聞いたことがありませんけどね。それにいくらなんでも、赤で染めるのは……」

そこまで言いかけて、彼女は口を噤《つぐ》んだ。ウェスタレアはどこか寂しげに呟く。

「私の赤い髪はね……私にとって『友情の証し』だったのよ。昔はね。――それよりあなたこそ、よく似合っているわ。その格好」

ペイジュは騎士服を身にまとっている。峻厳《しゅんげん》とした佇まいで、高貴な家の騎士という感じが漂っている。彼女はそっと胸に手を添え、騎士の礼を執った。絵画から飛び出してきたような麗しさに息を飲む。

「公女殿下の護衛をさせていただけるとは、身に余る名誉です」

「まぁ素敵。あなたが男だったら惚《ほ》れてるわね」

ウェスタレアはペイジュを連れて裁判所へと向かった。


裁判の会場には、国王に王妃、王太子といったそうそうたる顔ぶれが揃っていた。それだけではなく、大勢の民衆が傍聴席に押し寄せている。

まずは、被告人デルフィーヌとリリーの弁論から始まる。ウェスタレアはフードを深く被って検察官席で傍聴していた。裁判官が告訴内容を読み上げると、二人はそれを真っ向から否定する。まるで作家でも付いているのではないかと思うほど、彼女たちはそれぞれ言葉巧みに自分たちの潔白を訴えていく。そして、偽の証拠品と証人まで揃えていた。

しかし、ここで流れが変わり始める。ひとつ目の疑惑、ウェスタレアがリリーに盛った毒を、デルフィーヌが入手していたのではないかという疑惑について。

検察側から、アルチティス皇国の商会とデルフィーヌの毒の取引があった書類が提示される。それまで余裕の表情だった彼女が、顔を青くさせた。

「で、でっち上げよ！　何かの陰謀だわ！　私が大事な娘リリーに微量であっても毒を飲ませるあことなんてありえない。それに……アルチティス皇国に毒を売ってくれるデボラ……？　商会なんて名前初めて聞くわね」

そして次に、リリーが毒を飲んだのは、ウェスタレアに罪を着せ、王妃の座を奪うための自作自演だったのではないかという疑惑。リリーは弁論の席に立った瞬間、わっと泣き出した。

「そんな……っ。自作自演だなんてありえません。わたくしとウェスは親友だったんです。ひとりぼっちで妃教育を受けていた彼女をずっと励まし続けていたのは私だけでした。……どうしてこんなことになってしまったのか……今になっても信じられないくらいで」

ハンカチを取り出して涙を拭う彼女。傍聴人も——彼女の演技に惹《ひ》き付けられ、同情をあらわにしている。唯一ウェスタレアだけが、冷めた目でリリーの弁明を聞いていた。彼女が用意した証人である侍女や令嬢たちも、必死になって彼女を擁護している。彼女たちはリリーを潔白と信じて疑わない様子で、それらの言葉はどれも本心から来るもののようだ。

そして、証人の侍女たちの中には、偽物も混じっていた。「ウェスタレアに仕えていたが、使用人たちに冷たくて性格が悪かった」、「リリー王女に嫉妬して悪口を言っていた」と証言する。なお、ウェスタレアは彼女たちとは初対面だ。

（死人に口なしだからって、好き放題言ってくれるわね）

そして最後にリリーは、涙ながらに裁判官と聴衆に訴えた。

「わたくしは、今までに一度だって王妃になりたいと望んだことはありませんでした。わたくしには、ウェスを陥れる動機がございません。彼女は今でも……わたくしの親友です！」

証言台に立つとき、嘘を言わないと誓いを立てるのに、彼女の言葉は嘘だらけだ。

会場がリリーに取り込まれたところで、ウェスタレアは声を上げて笑った。

「ふっ……。ははっ、あははははっ！　本当――最高ね」

最高の茶番劇を見せてくれた。彼女の泣き顔も、しおらしい態度も、ウェスタレアには馬鹿らしくて仕方がない。突然笑い出した女に、周囲の人たちは困惑している。

検察席からすっと立ち上がり、フードを脱いだ。真っ赤な血液を染み込ませたような真紅《しんく》の髪が晒される。目が合ったリリーは、こちらの姿を見て唖然《あぜん》とした。

「どうして……あなたが……」

「地獄の底から化けて参りました――なんて。久しぶりね。相変わらず演技が上手で感心させられるわ。女優になったらどう？」

わざとらしく拍手を贈ると、彼女は不快そうに眉をひそめた。彼女のすぐ近くまでつかつかと歩み寄るウェスタレア。

（どうしてしまったのリリー？　そんなに真っ青になって震えて。久しぶりの親友との再会でしょう？　泣いて喜びなさいよ）

彼女は一歩、二歩と後退《あとずさ》り、信じられないといった風に言う。

「――生きていたの？　ウェス」

代わりに答えたのは、フィリックスだった。

「彼女を生かしたのは僕です。今、この裁判において彼女は重要な証人だ。裁判長、王太子フィリックスの名において、被害者ウェスタレア・ルジェーンの意見陳述を要求します」

「待ちなさい‼」

声を張り上げたのは、デルフィーヌだった。彼女は眉間に縦じわを刻み、証言台を拳で叩いた。

「そんなの認められないわ！　国法により出た判決を無視して罪人を生かすなんて……。国家に対する冒瀆《ぼうとく》よ！　――誰か、あの二人をここから追い出しなさい！」

警備兵がデルフィーヌの命令に動こうとするが、フィリックスが手をかざしてそれを制す。

「彼女が罪人だったと認められた場合、僕は国家に背いた責任を取って毒を飲み死にましょう」

ざわり。彼の大胆すぎる発言に、会場がどよめく。フィリックスはデルフィーヌを睨むように見据え、挑発的に言った。

「しかし、彼女が無実だった場合――あなたはその命をもって国家に償う覚悟がおありですか？」

「……っ！」

デルフィーヌはぎゅっと拳を握り締める。爪が肌に刺さったせいで、血が床に滴り落ちた。

「いいわ。そのときは毒でも針でも飲んでやりましょう。その意見陳述とやらを聴いてみようじゃない。――でも。潔白を示せなかった場合、どうなるか……分かってるのよね⁉　ウェスタレア・ルジェーン‼」

彼女の怒号が響き渡り、ざわめいていた会場が静まり返る。デルフィーヌの威圧感と迫力に、裁判官たちですら圧倒されて肩を竦めている。

けれどウェスタレアだけは、にこっと唇の端を上げた。

「煮るなり焼くなりお好きにどうぞ。裁判長。前王妃様はこうおっしゃっています。弁論を認めていただけますか？」

「き、許可する」

裁判長はデルフィーヌの息がかかった人間だ。フィリックスの協力のおかげで、ウェスタレアの思惑通りデルフィーヌは挑発に乗り、発言の権利を得た。これで舞台は整った。あとは、国王に王妃、大勢の聴衆を納得させるだけだ。

（ここからがこの裁判の――本番よ。覚悟はできた？　リリー）

会場中の注目が集まる中、ウェスタレアは証言台に立った。

まず始めに断罪するのは、デルフィーヌだ。彼女はウェスタレアを死んだものと思っていたようで、相当驚いている。驚きと同時に――恐怖しているのが伝わってきた。

「ひ、引き返すなら今よ。歯向かう相手はよく考えた方がいい。離宮に引き籠《こ》もっていたあなたにできることなんて、たかが知れているもの」

「それは脅しですか？　それに引き籠もっていたのではなく……あれは――幽閉でした」

「……っ！」

それに今、前王妃様の力を以前ほど脅威に感じていない。薬草の買い占め事件から数々の王宮内のゴシップ記事で、求心力はただ下がりしているから。

彼女の最後の説得を軽くあしらい、手をかざしてひとり目の証人を入室させた。王宮の懲罰房で清掃員をしているトーニオだ。

「お前は……っ」

動揺するデルフィーヌをよそに、ウェスタレアは淡々と告げた。

「私が用意した証人、トーニオ・ウーゴさんです。前王妃様はもちろん覚えていらっしゃいますよね」

「し、知らないわよ。こんな小汚い男」

「まぁ。彼の奥様を殺害しておいてよくそのようなことが言えましたね」

デルフィーヌの残酷な所業に、また傍聴人たちがうるさくなる。

「先ほどの弁明で前王妃様は、アルチティス皇国の商会を知らないとおっしゃいましたね。ですが五年前、トーニオさんの奥様は商会の代表者との取引を目撃し、あなたの口から『デボラ』と発せられたのを聞いたがために、口封じで殺されたのです。そうですね？」

「はい。そうです。その通りです……」

トーニオは、以前ウェスタレアに聞かせてくれたように、当時のことを切々と語った。妻カロライナは、デボラという言葉を聞いただけで口封じのために毒殺されたのだと。

「何か言いたいことはありますか？」

「私はあなたが憎い……っ。妻を、妻を返してください……っ！」

トーニオはとうとう、嗚咽《おえつ》を漏らしながら泣き始めた。積年の恨みと無念が伝わる。

「そんなのは言いがかりよ！　あの下女はね、持病があって発作で死んだの。私は何もしていない！」

「まさか！　カロライナは風邪ひとつ引かない健康体でした」

「黙れ黙れ黙れ！」

かなり狼狽えているデルフィーヌに、「黙るのはあなたです」とウェスタレアが告げる。

「これを見てもまだ言いがかりだと言えますか？」

ウェスタレアはそこで二つの死亡診断書を提示した。ひとつは、前王妃の命令によって改ざんされたもの。もう一方は、正規な死亡診断書。そこには病死ではなく、正しくは中毒死と書かれていた。

ウェスタレアはペイジュに、診断書を書いた宮廷医アルゼットを訪ねさせた。

彼は前王妃に診断書を書き換えさせられることが度々あり、正しい方の診断書も複製して保存していた。王宮は、デルフィーヌが責任者として統括を行っている。王宮内で死者が出ると、死亡診断書には彼女も必ず目を通し、印を押す規則になっている。今回の死亡診断書にも、全てに宮廷医アルゼットのサインとデルフィーヌの印が。偽造診断書と正規の診断書のふたつに印を押したということは、紛れもなく改ざんに加担したということの証明である
「ここに、前王妃によって書き換えられた死亡診断書が――五人分。五人がトーニオさんの奥様と同じ目に遭っているようです」

「…………っ！」

「私には理解不能です。こんなに傷ついているトーニオさんを見ても、なんとも思わないだなんて……。あなたには人の心がないのですか？」

ウェスタレアは更に続けた。

「あなたは、デボラ商会から毒を買いつけた罪を私に擦《なす》り付けようとなさっていますが、私には不可能です。最初に言った通り、私は離宮に隔離され、常にあなたに監視されていましたから」

次に証人として現れたのは、かつてウェスタレアの護衛騎士を務めていた男たち数名。彼らは常にウェスタレアの行動を監視し、逐一デルフィーヌに報告していたと証言した。彼らは多額の報酬を提示すると、証人になることをあっさりと引き受けたのだった。

「前王妃様。これでもまだ自分は無実だと言えますか？」

「……！　違う。私は潔白よ！　私は……私は——」

怒り立っていた彼女だが、ショックのあまりその場で気を失ってしまった。彼女を係員たちが引きずるように退出させる。

ウェスタレアは一歩下がり、リリーの方を振り向いた。——次はあなたの番よ、という意志を込めて見つめれば、彼女の華奢《きゃしゃ》な肩がびくっと跳ねた。

「こんな形であなたと対立したくはなかったわ。リリー」

「ね、ねえウェス……っ。一旦、落ち着こう？　今日のウェス、なんだかいつもと違って怖い顔をしているわ。そうよ！　きっと何か誤解があるのよ。話せば分かるわ。だってわたくしたちは——親友だもの」

「親友——ね。そう思っていたのは、私だけじゃない」

「っ！」

小さく息を吐き、「被告人への尋問を始めます」と裁判官たちに伝える。すぅと目を細めるウェスタレア。

「あなたは初めから——私のことを友達なんて思っていなかったのよね」

「違うわ、そんなことない！」

後ろに控えさせていたペイジュに指示をして、水が並々と入った桶《おけ》を用意させる。

——ザプン。それをなんのてらいもなく頭から被る。水が赤い染料を落として、元の白銀の髪に戻る。

「仲良くなり始めたころ、あなたは教えてくれたわ。『白銀の髪はこの国では老いの象徴になる』のだと。そして私に似合うからと真っ赤な染料を勧めてくれたわよね」

「…………」

しかし実際には、白銀の髪が老いの象徴として蔑視される事実はない。いくら隔離されて世間知らずだとはいえ、ウェスタレアも分かっていた。正しくは——赤い髪が蔑視の対象だった。血を連想させるとされ、『悪魔の色』と呼ばれたりするほど。

「赤で染めていたのは、リリーが似合うからと勧めてくれたから。誰かが自分のために何かをしてくれるのが初めてのことで、嬉しかったのよ」

リリーが赤髪を勧めてきたのは、赤い髪の意味を知らずに、純粋な好意からだと思っていた。けれど彼女は、ウェスタレアに恥をかかせたくて意地悪でそんなことをしていたのだろう。今ならよく分かる。

タオルを差し出してくれたペイジュと目が合う。赤い髪に染めていたことを疑問に思っていた彼女は、真相を知りなんとも言えない表情をしていた。

ウェスタレアはタオルで濡《ぬ》れた髪を拭きながら彼女に言った。

「私はあなたに裏切られて死ぬまで、友情の印である赤髪を守ったわ。これ以上に、私があなたを信じていたことへの証明があるかしら？」

「………」

「でも普通、差別されることが分かっていながら赤髪を押し付けるなんて……親友と思っている相手にはしないわよね。私だけが浮かれていたのだと今になって思うわ」

リリーは口籠《くちご》もり、拳を固く握り締めた。

「それからリリー。さっき『一度も王妃になりたいと望んだことはない』と断言していたけれど、それも嘘よね」

「嘘じゃないわ！　それだけは本当よ……っ。信じてウェス！」

『それだけは』ということは、故意に赤髪を勧めたことは認めるのだろう。

ウェスタレアは新たな証拠品として、一冊の本を出した。年季が入っている分厚い本。それを見たリリーは、今日一番顔色を悪くさせた。

「それは……っ」

「これは、彼女が綴っていた日記帳です。彼女が王妃になることを望み、私を心底憎んでいたことが書いてあります。ではこの場で少し音読させていただきましょうか」

「そんなもの、知らないわ。私の日記帳だという根拠だってないのでしょう?」

「あるわ」

ウェスタレアはペイジュに命令し、二枚の紙を掲げさせた。一枚は、建国祭でリリーが国民に向けて書いた紋章入りの手紙。もう一枚は、手紙の文字と日記の文字の筆跡鑑定書。

「これは、リリーが以前建国祭で書いた手紙です。街に張り出されていたそうなので、この場にいらっしゃる方もご覧になったことがあるでしょう。そして、筆跡鑑定に出したところ、この手紙のリリーの筆跡と、日記の筆跡はほぼ百パーセントの確率で一致、と結果が出ています」

「こんなの、何かの間違いよ！　皆、耳を塞いで……！　聞いては駄目！」

筆跡鑑定の結果を見たリリーは、悲痛な表情で聴衆に訴える。その表情は、演技ではなく本心の方だろう。

「『早くあの女を追い出さなくちゃ。だってわたくしこそが王妃にふさわしいのだもの』」

「違う違う違う、違う……！　それは私が書いた文じゃない……っ！」

「『わたくしのことを親友と思って騙されて、ウェスは馬鹿な人。わたくしはあなたが大嫌い。ああもう、早く死ねばいいのに』」

「嫌っ……やめてっ。わたくしじゃない、わたくしじゃない……！」

「『皆わたくしのことを愛してくれるけど、残念。わたくしは踏み台としか思っていないわ。どいつもこいつも無能ばっかり』」

「——違うって言ってるでしょ！」

彼女は声を張り上げて、筆跡鑑定書をペイジュから奪い取り、その場でびりびりに破り捨てて、何度も踏みつけた。

「こんなの、事実無根よ……っ」

リリーのことを可愛がっていた国王や王妃たちも、唖然呆然。日記に綴られた清純なイメージの王女の赤裸々な本心に、聴衆も引いている。

ウェスタレアは彼女に近づき、顔を見下ろしながら地を這うように囁く。処刑の日、リリーが挑発してきたように。

「往生際が悪いのよ、あなた。そんな反応をしたらかえって、日記の持ち主があなただと丸分かりだわ。――演技のお勉強をもっと頑張らなくちゃ」

「…………っ」

ずっと前、まだリリーと仲が良かったころ。彼女がちらりと零《こぼ》した『日記をつけているの』という言葉を覚えていた。だからフィリックスに頼んでこっそり押収させたのだ。しかし、ウェスタレアが思っていた以上に、そこにはリリーの秘められた思いが殴り書きされていた。

「あなたはずっと、完璧な王女を演じていた。だからこの日記だけが、唯一本当のことを打ち明けられる場所だったのよね？」

「…………っ」

リリーは拳を固く握り締めて、こちらを睨みつけた。

「そうよ、悪い!?　嘘の自分でいないと、誰も好きになってくれないもの。わたくしだって必死だっ

たの。ウェスは知らないでしょ！　わたくしが不毛の地レザルに嫁がされそうになっていたこと
だって」

「レザルに？　そんな、いつの話……」

レザル王国は、一年のうちほとんどが雪で覆われ、作物はろくに育たず、戦争ばかりで民が疲弊している国だ。そしてレザル王国の国王は、小太りの好色男だと聞く。

リリーは続ける。国王の方針で自分はレザルとの友好関係のために、嫁がされることになっていたのだと。だからそれを防ぐために、王妃になる策略を立てていたのだと。

皆に愛される品行方正な王女になって、ウェスタレアを排除したあとに王妃の座に自然に据えてもらえるように。

「ずっと……ウェスが憎かった。周りの顔色を窺ったりせず、静かな離宮でのんびり暮らせて。わたくしだってできることなら、全部投げ出して、呑気《のんき》に過ごしていたかったわよ！」

「…………」

「ちやほやされたかっただけじゃない。地位が欲しかっただけじゃない。わたくしにはわたくしなりの大義名分があったし、後悔してないわ」

リリーにそんな苦悩があったとは、全く知らなかった。それなりに長い付き合いだったのに、彼女は一切悟らせなかった。それも作戦のひとつだったのかもしれないが。

「相談してくれたら……よかったのに」

「え……」

「どうしてもっと早くに言わなかったの？　話してくれたら、きっと力になろうとしたのに……――なんて」

今更言ったところで、何もかも遅い。リリーは結局のところ、我が身可愛さに、ウェスタレアを殺すことを選択したのだから。それに彼女は、ウェスタレアを傷つけたことに対して、罪悪感を微塵《みじん》も感じていないらしい。

「本当に……友達だと思って信じていたのは、私だけだったのね。残念よ」

ウェスタレアは寂しげに微笑み、弁論を終了した。

裁判を終えたウェスタレアは、急いでアルチティス皇国に戻った。ウェスタレア・ルジェーンとして。時間と労力を要し、ようやく取り戻した誠の名だ。

一方のデルフィーヌだが、余罪も多く、死刑判決が下されて毒杯を賜《たまわ》ることになった。また、リリーはというと、彼女に心酔していた者たちによる陳情書があちらこちらから集まり、社交界を追放されるだけに留《とど》まった。

（……リリーにとって、信用を失った状態で生きる方が地獄かもしれないわね）

リリーは何より、人に好かれたい、認められたいという承認欲求が強い。自分がこれまで築き上げてきた地位を失ったことは相当堪えたはずだ。これから彼女は、人々から敬愛ではなく、軽蔑を抱かれ、揶揄《やゆ》され、人生で初めて辛酸を舐《な》めることになるのだろう。

ウェスタレアはアルチティス皇国に戻って、真っ先に新しい身上書を提出した。皇妃候補コルダータは偽名であり、本当の名はウェスタレア・ルジェーンであると。

何らかの罰が与えられることも覚悟していたが、ここまでの事情が考慮されたのか、レオナルドが手を回してくれたのか、咎《とが》められることはなかった。

「今日のアクセサリーはいかがなさいますか？」

「髪型と髪飾りは」

「香水はお付けいたしますか？」

新たに数人の侍女、料理人、使用人たちを雇ったので、一気に屋敷が賑《にぎ》やかになった。無駄にだだっ広い屋敷で、ペイジュと二人きりで暮らしていたころが懐かしい。

「今日は狩猟祭に行くから、それに合わせてあなたたちで決めてちょうだい」

「「かしこまりました。お嬢様」」

鏡台の前に座って、侍女たちに指示を出す。

服は動きやすいようにシャツとスラックスを選び、髪は後ろでひとつに束ねてもらった。

今日は久しぶりにレオナルドに会う日だ。指折り数えて待ち望んだ日。彼を驚かせるために弓の練習までして、浮かれているのは言うまでもない。

そして今日は——自分が元『隠された令嬢』のウェスタレアだと打ち明けるつもりでいる。彼はもう気づいていると思うけれど。

◆◆◆

毎年狩猟祭が行われる猟館は、皇都から離れた場所にある。レオナルドにとって、毎年の楽しみのひとつだった。

動物を狩ることが目的というより、郊外の自然豊かな場所で、ゆったりと過ごす方に意義を感じている。自然の空気は清々《すがすが》しく、様々な樹種が生息していて、歩いているだけで心と目を癒やしてくれる。

そこに今年は、彼女も一緒に参加する。

「……ごきげんよう、あなたの女神です。――なんて」

猟館の門で待ち合わせた彼女は、今世間を騒がせているルムゼア王国の元王妃候補ウェスタレア・ルジェーンだ。出会った夜のように冗談を言って微笑《ほほえ》む彼女だが、つい先日、訂正した身上書が宮殿に提出され、物議を醸したところだった。

経歴詐称したことで、彼女を失格にすべきだという意見があったが、皇帝の『彼女の参加を認める』という鶴の一声により、認められることになった。そして、不法入国なのではという意見に対しては、『自分が許可して入国させた』とレオナルドが手を挙げ責任を負った。出会いの夜、彼女を見逃したのは自分。完全な嘘《うそ》ではない。出会ったときは彼女を処断するつもりでいたのに、まさか庇《かば》う立場になるとは思いもしなかった。

「俺は今日、お前をなんと呼べばいい？」

「……お好きなように」

「では――ウェスタレア、と」

本当の名前を呼ばれた彼女は、長い白銀の髪を耳にかけながら、少し気恥ずかしそうにそっと目を伏せた。

「……あなたにそう呼ばれるのは、なんだか変な感じ」

「お前に似合う、良い名だ」

ウェスタレアは、一度は王女暗殺未遂の汚名を着せられ処刑されたはずだったが、実際は生き延びて、遂には自分の力で無実を証明した。

逆境からの逆転劇に、民衆は沸き立っていた。特に、流行病で疲弊していたルムゼア王国国民は、薬草買い占め事件で恨んでいた前王妃を負かしたという点で、英雄視する声を大きくさせた。

彼女は、ルムゼア王国王太子の婚約者という地位に戻る気はなく、敵国アルチティス皇国に渡った。それすら、長らく交渉決裂していた和平を結ぶ架け橋となるためではないか、と憶測が飛び交っている。和平交渉が決裂していたのは、薬草を異国から輸入し大儲《おおもう》けしていたデルフィーヌとその一族ウィンド公爵家が、外交方針に口出しして和平を結ばせなかったというのが理由のひとつだった。しかし、アルチティス皇国側にも利権のために和平を望まない勢力が存在するのだ。

前王妃を打ち負かしたウェスタレアがアルチティスで皇妃になれば、長らく動かなかった状況が何か、動くかもしれない。かの国が原産国である、病を癒やすために必要な薬草が手に入るようになるかもしれない。そんな期待をルムゼア王国は抱いているのである。

「本当に……国に戻る気はないのか？　冤罪《えんざい》を晴らしたんだ。この国にわざわざ来なくても、お前は確実に王妃になれる」

それに、ルムゼア王国にはフィリックスがいる。彼はウェスタレアのことを想って今回の件で奔走していたし、彼女のことを必要としている。

「母国には戻らないわ。あの国にはあまりいい思い出がないし、新しい場所で心機一転して頑張りたいと思ってるから。まだ短い間しか過ごしていないけど、この国やこの国の人のことが気に入ってるの」

彼女は、自分を処刑台に送るときの民衆の姿が、今もなお焼き付いていると語った。そして、こちらを見上げて笑う。

「それに——あなたの妃《きさき》になるのも面白そうだしね。だから、なってあげてもいいかなって」

「……なんでそう上から目線なんだ」

と、口では言いつつも満更でもないレオナルド。

ウェスタレア本人にも、心の片隅に、和平を結ぶという高尚な目的があったりするかもしれないが、本人は今こう答えたし、一次選考のアンケートに書かれていた動機は、『権力や名誉、富の全てを手に入れ、皇国の頂点に君臨したい』だった。

まとめると、ウェスタレアの皇妃選定の参加は、本人の意思とは無関係に両国に衝撃を与え、両国の外交関係を改善する期待を込め、皆が応援モードになっている。

「何はともあれ、無事に名前を取り返せて良かったな」

「あなたのおかげなのでしょう？　レオ。あなたが手を回してデボラ商会の取引履歴を押収してくれたと……フィリックス様に聞いたわ」

「俺がした協力は些細《ささい》なもの。お前が頑張っただけだ」

「調べてみたけど、デボラ商会は、並大抵の組織ではないわ。その商取引の履歴を手に入れるなんて……。あなた、裏社会で何かしているの？」

「……少しな」

レオナルドは、皇都の治安維持のために度々身分を隠して街に出かけており、悪事を働く者たちを裁くべく内密に動いている。ウェスタレアと街で遭遇することが多かったのもそのせいだ。

しかし、今回協力したのは、親友であるフィリックスの頼みだったからと付け加えた。

今回の件で、毒や武器を販売していたことが露見したデボラ商会は廃業し、商会を取り仕切っていた者は捕まった。いつかは潰《つぶ》さなければならないと思っていたので、ちょうどそのタイミングだったということだろう。デボラ商会の経営には、レイン公爵家も一枚噛《か》んでいたが、その証拠はレオナルドが調査するころには隠滅されていた。

「あまり危険なことに足を突っ込みすぎないで。……心配なの」

「ああ。分かった」

「本当に分かったんだか。——あ、そうだ」

ウェスタレアは懐からハンカチを取り出して、こちらに渡してきた。白いハンカチに、見事な藤の花の刺繍《ししゅう》が施されている。

「約束のハンカチ。受け取って」

「ありがとう。大切にする」

「くれぐれも怪我《けが》とか……しないようにね」

彼女はハンカチを折り畳み、レオナルドの胸ポケットに入れた。

狩猟祭が始まり、おのおのが狩りに出た。狩りを好むのは大抵が男だが、女性の中にも弓で鷹《たか》狩りする者もいる。ウェスタレアは未経験だと言っていたが、やけに張り切っていた。

二人で二頭の馬に乗り、森の奥へと入っていく。

「風が気持ちいい……」

馬に乗りながら、心地よさそうに瞼《まぶた》を閉じるウェスタレア。その怜悧《れいり》な横顔を見つめると、彼女がこちらを振り向き、後れ毛を耳にかけながら言った。

「見すぎよ。顔に何か付いてる？」

「いや……ただ、綺麗《きれい》だと思って」

「……！　おだてても、何もあげないわよ……もう」

ウェスタレアはわずかに頬を赤く染めた。ふいに彼女が見せる少女らしい一面を知っているのは、自分だけであってほしい。他のどの男にも見せたくない。そう思ったとき、今までに抱いたことがなかった感情に戸惑った。

（……独占欲を感じているのか？　俺は）

そして彼女の懐からおもむろに毒針五本が取り出される。「受け取っておきなさい」と言わんばかりに、また照れくさそうな感じでこちらに差し出しているが、そんなものをもらっても全然嬉《うれ》しくない。どうやらウェスタレアは、おだてると毒針をくれるらしい。珍しい人だ。

途中の茂みの奥にうさぎを見つけて、馬を降りる。馬を下りるとき、鐙《あぶみ》に足が引っかかってよろめく彼女。咄嗟《とっさ》に受け止めると、二人で地面に倒れ込んだ。

レオナルドは尻もちをつき、体の上にウェスタレアが乗る。あと少し近づいたらどこかが触れてしまいそうな距離に彼女の顔があり、柔らかそうな肌に触れたくなって手を伸ばす。触れる直前にはっと我に返って、手を引いた。

「怪我は……ないか」

「え、ええ。平気。そっちこそ……大丈夫？」

「ああ。……問題ない」

二人は気まずくなってすぐに視線を逸《そ》らし、立ち上がった。

それから、ウェスタレアは見つけたうさぎを自分で仕留めるのだと言って弓を構えたが、放つ寸前に的をずらしてわざと外した。うさぎの耳を掠《かす》めて木の幹に矢先が突き刺さる。びっくりしたうさぎは遠くへと逃げていってしまった。

「……だめね。やっぱり生きているところを見ると、可哀想になってしまうわ」

何度も獲物を見つけては、彼女はわざと的を外し続けた。その度に自分は意気地がないと落ち込む姿が、なんだか可愛い。

良いところをレオナルドに見せるために練習してきたのにと打ち明けられ、先ほどのやる気満々な様子に納得するのと同時に、いじらしく思えた。レオナルドからしたら、狩りが上手くても下手でも構わないのに。

空を飛ぶ鷹《たか》に向かって弓を構え、でもやっぱり放てずに腕を下ろすウェスタレア。

「そう落ち込むな。良いところを見せようとしなくたっていい。俺はありのままのお前が——」

「私が？」

「……いや、なんでもない」

つい弾みで、好きだと言いかけた。別に言ってしまってもいいのだが、いざ好意を伝えるとなると気恥ずかしいものだ。

彼女はレオナルドの心を全部見抜いたように片眉を上げて、意気地なしとからかうように笑った。

するとそのとき、茂みの奥で叫び声が聞こえた。心配して駆け寄ろうとするウェスタレアを引き止め、危ないから俺が見に行く、とその場に留《とど》めさせた。

茂みの向こうで、大きな猪《いのしし》と対峙《たいじ》した男が、びっくりして腰を抜かしていた。恐怖で体が竦《すく》んでしまっている。レオナルドはするりと剣を引き抜き、猪に向かって構えた。急所を刺して倒したものの、茂みの奥からもう一匹現れた。

（まだいたのか）

毛を逆立て、唸《うな》り声を上げながら突進してくる猪。猪は刺激しなければ大人しいと言われているが、突然人と遭遇し興奮しているようだった。剥《む》き出しの牙で傷つけられたらただでは済まない。しかし、レオナルドの剣が受け止める前に、猪は地面に倒れて苦しみ、昏睡《こんすい》状態に陥った。その苦しみ方は、普通の矢で傷ついたときとは違った。

横に視線をやると、矢を放ったウェスタレアが構えの姿勢のまま猪の様子を観察していた。彼女は手を下ろし、こちらに歩いてきた。

「毒矢か……。死ぬのか？」

「じきにね」

彼女が矢に塗った毒は、寒い地域の民族が、狩猟の際に矢毒として使ってきたものらしい。

先ほどまで殺生を躊躇《ちゅうちょ》していたウェスタレアだが、人を助けるためなら迷いはなかった。

彼女は寂しげに猪を一瞥《いちべつ》して、腰を抜かしている男に手を差し伸べた。

「怪我はありませんか？」

「は、はい。平気です」

「……それはよかった」

ウェスタレアの勇姿を目の当たりにした男は、ぽっと頬を紅潮させてその手を取ろうとした。レオナルドはその手を取らせないように、彼女の腰を抱き寄せた。ウェスタレアの手を掴み損ねた男は、不満そうに眉を寄せる。

「俺が起こしてやる」

威圧的に睨《にら》みつけながら手を差し出せば、彼は結構だと拒んで、自分で立ち上がった。

「猪の処理はお前がしておけ。――ウェスタレア。行くぞ」

「わっ、ちょっと、そんなに引っ張らないで。レオ……！」

ウェスタレアの手を引きながら森の中を歩く。彼女が他の男に触れられることが、想像するだけでもとても嫌だった。

（……全く。厄介な感情だ）

自分は感情の起伏が少ないと思ってきたのに、ウェスタレアと出会ってからどうも調子が狂ってばかりだ。こちらが嫉妬心を抱いていることにつゆも気づかない彼女は、おもむろに言った。

「あなたが離宮に迷い込んだあの日……。どうして私を逃がすなんて言ったの？　敵国の皇太子なのに」

「純粋にお前を助けたかったんだ。自分の立場のことさえ頭から消えるほど。今思えば、子どもだったな。だが本気だった」

「今の冷静沈着なあなたには考えられない、感情的な発言だったわね」

「お前こそ、昔と変わりすぎじゃないか？　もっと淑《しと》やかで真面目だっただろう」

「あら。こっちが本来の私よ。自分の心を押し込めるのはもうやめたの。前の方が良かった？」

　レオナルドは首を横に振る。

「お前が自分らしくいられるのが、一番いい」

「とにかく、あのときは手を差し伸べようとしてくれたことが嬉しかった。……不法入国した夜も、助けてくれてありがとう。あのときレオが抱き留めてくれなかったら、私は今ここにはいなかったかもしれない。その後もずっと、あなたに励まされていたの。本当にありがとう。私……アルチティス皇国に来て、あなたに会えてよかったわ」

　ウェスタレアは目の前に立ってこちらを見上げ、『皇妃になるの』と告げたあの夜と変わらないまっすぐな瞳で言った。

「――好きよ。レオ」

「…………」

眩《まぶ》しすぎる笑顔に、胸がぎゅんと射抜かれる。動物を射抜くことは躊躇するくせに、皇太子の心を射抜くことには随分と長《た》けているらしい。

「俺は……王に生まれたくなかった。自由がなく、常に国家に縛られる生き方は窮屈だから。だが今はそれも、悪くないと思える。――お前がいるから」

空を見上げると、生い茂る木々の向こうに、小鳥たちが羽ばたいている。自分もあんな風に自由に飛んでいけたらと何度も願っていたのに、今はこの地を踏みしめていたいと思う。

ウェスタレアは、レオナルドとは真逆だった。自分からこの不自由な世界に飛び込むことを望んでいる。レオナルドは不必要だと思っている権力も身分も名誉も、彼女は欲する。真反対の性格だが、ひたむきに夢を追いかけるウェスタレアはいつも眩しかった。

初めてルムゼア王国の離宮で会った日もそうだ。ウェスタレアは王妃を夢に見て、きらきらとした目をしていて。彼女はそれから、会う度にいつも新しい姿を見せてくれて、新しい感情を教えてくれる。

「――励まされていたのは、俺の方だ」

それはまるで、真っ暗だったレオナルドの世界に舞い込んだ一筋の光のよう。

（あの夜、空から降ってきたのは本当に――女神だったらしい）

空から彼女が降ってきたあの夜から、レオナルドはきっと、ウェスタレアの甘い毒の中毒になっていたのだろう。

「俺もお前が好きだ」

◇◇◇

そして、皇妃選定の最終選考を迎えた。ウェスタレアはいつも通りの時間に目覚め、いつも通りに身支度を整えた。

ペイジュと数名の侍女を伴って屋敷を出る。

最終選考が行われるのは、ルシャンテ宮殿の謁見《えっけん》の間。許された者しか足を踏み入れることができない場所だ。そこで皇帝の口からお題が出され、それに皇妃候補として回答をする。

しばらく控え室で待たされたあと、係員が呼び出しに来た。

「行ってくるわね。あなたはここで待っていて」

「本当におひとりで大丈夫ですか？　せめて謁見の間までお送りして――」

「ペイジュ。いつからそんなに過保護になったの？　平気よ」

ウェスタレア以上に緊張で狼狽《うろた》えるペイジュを宥《なだ》め、係員とともに部屋を出ていく。

「私はただやれることをやるだけよ。だからあなたも、信じて待っていて」

「……はい」

長い回廊を進み、謁見の間に通じる大扉の前にはすでにエリザベートの姿があった。彼女は二人の最終候補者のうちのひとりだ。鮮やかなピンクのドレスに身を包み、毅然と佇んでいる。

ドレス切り裂き事件があった手前、お互いに気まずいはずなのだが、彼女は何事もなかったかのようにこちらに優美に会釈する。

「お互い悔いが残らないように、精一杯頑張りましょうね。――ウェスタレア様」

「…………」

敵意を向けられずほっと安堵《あんど》したのも束《つか》の間、彼女は耳元で呟《つぶや》いた。「余裕ぶっていらっしゃるようですが、わたくしは負けませんわよ」――と。

「どうしてわざわざこの国で皇妃を目指すのです？　ルムゼア王国はあなたのせいで秩序が崩壊しました。この国までかき乱されては敵《かな》いませんわ」

妃になりたいなら、生まれた国に帰れと言わんばかりだ。

「アルチティス皇国は国籍さえあれば、全ての女性に皇妃選定に参加する資格が与えられる。こうして私がここに立っているということは、資格に問題はないということよ」

あなたに文句を言われる筋合いはないのだと視線で訴えると、二人の視線の間に火花が散った。

そんな二人の目の前で、謁見の間に繋《つな》がる大扉がゆっくりと開け放たれる。

シャンデリアの強い光に目を眇《すが》めた直後、広い謁見の間に、皇后カネラ、皇帝、そしてレオナルドがいるのが見えた。当初の予定ではここに皇子と皇女がいるはずだったが、彼らはなぜか選考員から除外されていた。

カネラは昔からエリザベートのことを可愛がっており、「頑張れ」と目で応援していた。

他方、レオナルドは心配そうにウェスタレアを一瞥《いちべつ》した。

（……本人より不安そうな顔しないでほしいものね）

ウェスタレアとエリザベートは前に出て、最上の礼を執る。

「レイン公爵家が娘、エリザベート・レインでございます」

「……ルムゼア王国から参りました。ウェスタレア・ルジェーンと申します」

頭を下げた状態で、皇帝の指示を待つ。

「面を上げよ」

「「はい」」

皇帝は部下に巻子本《かんすぼん》を持ってこさせた。そこには出題される問いの内容が書かれており、彼はそれを見下ろしながら言った。

「――では、最終選考を始める」

皇帝の峻厳《しゅんげん》とした佇《たたず》まいに、これまでにはない緊張感が漂う。彼は一度咳《せき》払いをしてから巻子本を読み上げた。

「『貧困層の国民の飢えをなくすにはどうすべきか、自由に述べよ』。それが此度《こたび》の皇妃選定、最後の問いだ。まずはエリザベート。そなたから答えてみよ」

「はい。わたくしは豊かな者たちが食べ物を分け与えたら良いのではないかと思いますわ。わたくしたち貴族には、弱い者たちに慈善を施す義務があります。皆がそうして慈悲の心を持てば、困窮で苦しむ人はいなくなると思うのです。そしてわたくしは、貴族たちの模範になれるような皇妃となり、彼らに徳を説いていきたいと考えております」

まるで最初から答えを用意してきたかのような、模範的な回答だった。エリザベートはそれから、貴族たちが弱い者を救う心得や規範についてを熱心に語った。

（お手本通り。優等生の回答ね）

試験であれば花丸がもらえただろう。

皇帝はエリザベートの答えを聞いたあと、こちらを見てウェスタレアに回答を促した。

ウェスタレアも答えに少しも迷いがない。

「――はっきりと申し上げて、食料を分け与えることは飢えの解決にはならないと思います」

「ほう。先の回答を批判するか」

皇帝は意外そうに、髭《ひげ》の生えた顎をしゃくる。エリザベートはいぶかしげに眉をひそめる。

「この国で飢えに苦しむ人は何万人といます。その人たちに貴族は延々と食べ物を与え続けることができるでしょうか？　いえ、できません」

食料を支援することは、対症療法のようなもので、ほんの一瞬の救いにしかならない。

以前、盗みを働いた少年の栄養失調の妹をダニエルに診《み》てもらったとき、食べ物にありつけるようにならなければ、薬はその場しのぎにしかならないと言われたように。

「お題の通り、飢えを根本的に解決するには、貧困層が自分たちの力で食べ物にありつけるような政策を立案し、実行する必要があります。具体的な話をいたします。まずは――教育です」

ウェスタレアは、この国に来たときに知った識字率の低さを指摘した。アルチティス皇国は大国であるがゆえに、識字教育が行き届いていなかった。皇妃選定の筆記試験で大量に使われる紙も、受験する女性が字を読めないのでは捨てるのと同じだ。

文字の読み書きさえできれば、働き先が見つかる可能性が上がる。

貴族だけではなく、貧困層にも積極的に教育を行うことで貧困から脱却させ、食べ物を買うための経済力をつけさせることがひとつ目の解決法だ。

「そして次に――医療です」

現在も流行病で多くの人命が失われている母国ルムゼアを例に挙げる。

民が病を患うと、やがて人口が減少し、労働力が少なくなる。だから、薬が手に入りやすい環境を整えることで、農作などの生産性も向上するだろうと述べた。

ルムゼア王国では、流行病に効く薬に法外な値段が付けられ、富裕層しか手に入らない状況になっている。しかし、病で労働人口が減ることで、貴族の領地収入は少なくなり、結果として国全体が貧しくなった。

「薬が手に入らない貧困層は、藁《わら》をも掴む思いで最後には毒さえも飲み、結局病には効かず命を落とします。本当に毒を飲むべきなのは、薬を独占する愚かな貴族でしょう」

デルフィーヌが、愚かな貴族のひとりだった。しかし、そうやって薬を転売して儲《もう》けているのは、彼女だけではない。同じようなことを思いつく人は何人もいる。

この国で言うと、デボラ商会がそうだった。彼らは貴族などの富裕層ばかりを優先して高額で商品を売り付け、本当に必要としていたとしても貧しい客は相手にしなかった。

更に、スリド王国で言えば、薬だけではなく貴族向けに人身売買を行って稼いでいる者がいる。鎖で拘束されながら「助けて」と懇願してきたライラの悲痛な顔も、薄汚い闘技場の地下にいたペイジュの何かを諦めたような冷めた顔も、よく覚えている。このような商売を取り締まっていくのも、国家の責任ではないのか。

「これらを行うには、資金と手間がかかるでしょう。ですが、自立に向けた支援と基盤作りが、民衆を本当の意味で危機から救うと私は考えます」

「では、現状の政策は間違っていると？」

正直、問題は必ずあると思う。どの国も完璧でないのは普通だ。しかしここで、間違っていると答えるのは、敬愛する皇帝の治世を批判したと取られてもおかしくはない。

皇妃選定の場では明らかにふさわしくない返答だろうが、ウェスタレアはここで自分の評価を上げるためのおべっかを口にすることができなかった。

「正しいか間違っているかの二択であれば——間違っていると答えます」

一語一語力を込めて答えた途端、レオナルドが「何を言ってるんだ」という顔で眉間の辺りをぐっと押した。カネラは唖然《あぜん》として口を開いている。

しかし、皇帝は顔色ひとつ変えず、ふむ……と呟いてから、巻子本を置いた。

「余は個人的にそなたに聞いてみたい。なぜ皇妃になりたい？　そなたがルムゼア王国で受けてきた仕打ちは耳にしておる。それでもなお、なぜ皇妃の座を掴もうとする？　国が変わっても、そなたが目を背けたくなるような悪はあるのだぞ」

ウェスタレアはまっすぐ彼のことを見据えて答えた。

「皇妃とは本来、国家の繁栄と平和のために尽くす存在です。ですが……ある国では悪い人たちが自分の欲望と都合のためだけにその座を狙いました」

悪い人たち、とはもちろんリリーとデルフィーヌのこと。

ウェスタレアは、悪女として処刑されてから、最終選考に至るまでを思い出す。フィリックスが前王妃に迎合する自分を責めていたことや、トーニオが前王妃に命を奪われた妻を思って泣いていたことが脳裏に思い浮かんだ。多くの人が権力に翻弄されて苦しんできたということを、ウェスタレアはよく理解している。

「私は知っています。権力を持つ者の愚かさを。自分の欲のために他人を傷つけることをいとわない者の卑劣さを。……だからここに来ました。私は一度どん底に落ちましたが、それは皇妃に必要な経験だったと今は確信しております。言葉には表せないほどの痛みを知ったからこそ、横暴から私のような人々を救いたいのです」

追いかけていた夢は、掴みかけては遠ざかり、また掴みかけては見失ってきた。それでも手を伸ばし続けた。遠いところに小さく見える光を仰ぎ見るかのごとく、信じていた。みっともなくても情けなくてもいい。ゆっくりでも、休んでも、時には転んで泥まみれになってもいい。どんな形であれ前に進み続けていたら、どこかで追い風が吹き始めて、辿《たど》り着きたい場所まで一気にぐぐっと押し出してくれるかもしれない……と。

そして今、全ての経験が血となり身となり、原動力となり、ウェスタレアを強く突き動かしてくれている。本当は、素晴らしい皇妃になるために、無駄なことなんて何ひとつなかったのかもしれない。どれかひとつでも欠けていたら、今の自分はいないから。いや、皇妃の座を掴み、全て無駄ではなかったと証明してみせるのだ。

誰かに必要とされて、誰かの役に立てたなら、落ちて沈んで、壮絶な日々を生き抜いたこともきっと報われる。報われなかったとしても、何もしないで横たわっているよりずっといい。

「本来ならば、貴族も平民も等しく権利を守られるべきです。私が皇妃になったあかつきには、貴族社会における悪を一掃します。民衆の権利を妨げる貴族など、いない方がマシでしょう」

そっとエリザベートを一瞥すると、彼女は表情を強《こわ》ばらせていた。彼女の実家レイン公爵家は、裁かれるべき悪を多く背負っているから。

自分はずっと、王室に携わってきたのに誰の役にも立てていない。それがたまらなく悔しい。私を選んで。私の手を掴んで。そんな気持ちをメラメラと燃やしながら、高い場所に座する皇帝を見上げ、大胆に言う。

「悪を為《な》す貴族は――罪を暴き、爵位を剝奪してみせます。誰も見捨てないし、誰も悪人の思いのままにはさせません。この手が届く限り」

離宮で周りの言うことを聞いて大人しくしていたウェスタレアはもう、ここにはいない。

誰に裏切られても負けないし、踏みつけられても何度でも立ち上がり、心に従って生きるのだ。

「……！」

皇帝さえ、大胆なウェスタレアの言葉に息を飲む。

祖国で絶大な勢力を誇っていた前王妃に立ち向かい、見事打ち負かしたウェスタレアの言葉には重みがあった。

皇帝は面白がるような表情を浮かべ、長い顎髭を撫《な》でた。

ウェスタレアが切実な思いを告げたあと、皇帝は再びエリザベートに視線を向けた。

「そなたも何か言いたいことはあるか？」

「……いえ、ございません。……何も」

ウェスタレアの話を聞いて、エリザベートはすっかり威勢をなくし、肩を竦めていた。そこで最終選考は終了となり、ウェスタレアはもう一度美しいカーテシーを披露して、謁見の間を退出した。


謁見の間を出た瞬間、エリザベートが膝から崩れ落ちて泣き始めた。侍女たちが集まってきて、彼女のことを支える。

「……もうわたくしはだめですわ。絶対に選ばれません」

「そ、そんな……！　お嬢様ならきっと大丈夫ですよ！　だって、お嬢様は国一番の皇妃候補ではありませんか」

「慰めは要りませんわ！　離して！」

「きゃっ――」

乱暴に腕を振り払われ、侍女は小さく悲鳴を上げて尻もちをついた。

顔を両手で覆いながらすすり泣くエリザベートを尻目に、控え室に戻ろうとすると、後ろから話しかけられる。

「……いい気味でしょう？　不正を重ねたわたくしを実力だけで負かすなんて」

「まだ結果は分かっていないわ」

「いいえ。陛下はあなたに関心を示しておいでした。それもそうです。あなたは自分の力で汚名返上し、異国からここまで這《は》い上がってきた実績がある。一方でわたくしは生家の強さだけで押し上げられた名ばかりの候補者ですもの」

「…………」

　ウェスタレアは振り返り、エリザベートの元まで歩んだ。彼女を冷たく見下ろしたまま言う。

「私たちはやれるだけのことをやった。それだけよ」

　ずるをして、他人を蹴落としてまで皇妃の座を手に入れようとしたエリザベート。けれどそれだけ、本気だったということだ。ウェスタレアだって全く潔白という訳ではない。不法入国してここに来て、何としてでも這い上がろうと手段を選ばなかった点では、彼女と同じだ。

「やれるだけのことをした？　ふふ、どんなに頑張ったって、報われなくては無駄な努力ですわ」

「そうやって泣いたって、あなたの欲しいものを誰かが与えてくれたりしないわよ」

「わたくしだって……！　好きで不正をしていた訳ではございません！　……国一の皇妃候補と言われながら期待に応えられなかったら、わたくしは一族のとんだ恥晒《はじさら》しですわ。お父様にもどんなに叱られるか……」

　エリザベートは父親を思い浮かべて顔を青白くさせてから、何もかも諦めたような声で言う。

「もっとわたくしのことを嘲笑《あざわら》い、責めなさい。恨んでいるのでしょう？　わたくしのしでかしたことを、レオナルド様にもバラせばいいのですわ……」

切々と胸の内を打ち明けた彼女。ウェスタレアは小さく息を吐いて、彼女の肩に手を置いた。

「そう……よく分かったわ。あなたを苦しめているのは――罪悪感なのだと」

周りからの期待に応える自信がなくて、想い人であるレオナルドの傍《そば》にいたくて、悪いことをした。けれどそれを自覚し苦しんでいる彼女には、まだ救いがある。

「わたくしは……っ」

「悪いと思う気持ちが少しでもあるのなら、これから心を入れ替えればいいの」

改心せずに悪を重ねた結果、前王妃デルフィーヌは死んだ。だがエリザベートは若く、やり直すチャンスはいくらでもある。

「私はあなたを責めない」

ウェスタレアはエリザベートへの怒りを一旦捨てて、宥めるように微笑みかける。

「でもわたくしは……あなたのドレスを――」

切り裂いた、と言いかけた唇を人差し指で塞ぐ。そっと首を横に振り、あの件は水に流すと暗に伝える。

「あなたがしたことは、誰にも言っていないから」

「！」

「今後も決して口外はしないと誓うわ。これでもう、お互いのわだかまりはなしにしましょう。どちらが選ばれても恨みっこなしよ」

「…………」

懐から出したハンカチを、これで涙を拭いなさいと手渡し、ウェスタレアは背を向けた。悠然と立ち去っていく後ろ姿を見つめ、エリザベートはため息を吐《つ》く。

（なんて寛大な……）

「わたくしでは到底、敵わない訳ですわ……」

◆◆◆

ルシャンテ宮殿内の会議室に、レオナルドと皇后カネラ、皇帝が集まっていた。最終選考が終わり、これから誰を皇妃にするかを決める話し合いが行われるのである。中央の椅子に座した皇帝が、こほんと咳払いし、会議室に緊張感が走る。

（陛下は一体……どっちを選ぶ？）

謁見の間で行われた最後の選考。レオナルドはウェスタレアを応援しているが、カネラは小さなころからエリザベートを可愛がっているという経緯があり、票が割れることは予測済みだ。

レイン公爵家に傾倒する皇子と皇女は、レオナルドが議会に直談判して推薦員から除いたが、あとは皇帝の一票で決まるといえる。

ルムゼア王国の裁判の一件は、アルチティス皇国でも周知の事実。

国をかき乱す大事件を起こした張本人ウェスタレアの最終選考参加に一部で不満の声が上がったが、皇帝の『彼女の参加を認める』という鶴の一声でその声はなくなった。だから、皇帝もウェスタレアの存在を一目置いていることは確かだ。

「カネラ皇后。そなたはどちらが皇妃にふさわしいと思った？」

「私はエリザベート嬢の方が優れた皇妃候補といえると思いました」

カネラは予想通りの答えだった。

「ではレオナルド。お前の意見はどうだ？」

「私はウェスタレア・ルジェーンが良いと思います」

「うむ。……そうか」

更に皇帝が続ける。

「余が皇妃にふさわしいと思ったのは――エリザベート・レインだ」

その言葉に、レオナルドの心臓がどきんと跳ねる。

問いに対して、エリザベートは貴族の規範という、皇族のあり方という観点で答えを述べた。一方で、ウェスタレアは教育や病対策など、政治的な視点から具体的な案を述べた。

「この問いは――次期皇妃に尋ねたものだった。皇妃の本来の役目は、皇帝を影で支え、民に自愛を注ぐもの。余は政策立案者に聞いたのではない。そういう意味で、求められていることを適切に解釈しているのはエリザベートだと言える」

そして、ウェスタレアの指摘は、現在の政策への批判が込められていた。それはつまり、政策の責任者である皇帝に対する批判と取られてもおかしくはないということ。それに、最後のウェスタレアの挑戦めいた発言には、いささか頭を抱えてしまった。

「……ウェスタレア・ルジェーンは実に賢く、正義感も強く、一本筋が通っておる。――だが、実直すぎるな」

もっともな感想だ。ウェスタレアは自分が正しいと思ったことは曲げない頑固さがある。そういうところをレオナルドは気に入っているが、受け手次第では、生意気だと取られかねない。

「では、皇妃はエリザベート・レインで決定ですか」

「その顔。何か不満でも？」

「……いいえ」

ここでウェスタレアが選ばれなかったのなら、彼女の力が及ばなかったというだけだ。レオナルドもこれ以上肩入れして何かするということはしない。

しかしそこで、カネラがもう一度口を開いた。

「皇妃として求められている答えだったのはエリザベート嬢でしょう。ですが、私は――ウェスタレア嬢を気に入りました。ああいう女性が今の世の中を変えるのではないかと思います」

「そうだな。余もあの娘に興味が湧いた。あの娘を選べばそれこそ、レイン公爵家はかなり反発するだろうが、もしかしたら彼女は、レイン家に対抗する切り札になるやもしれん」

この国でもっとも影響力があるのは、エリザベートの実家、レイン公爵家だ。『悪の貴族』と囁《ささや》く者も多く、その闇は、ウェスタレアが打ち勝ったデルフィーヌよりも深く、濃い。

レイン公爵家に外戚権力を握らせることに、オレンシア皇家として抵抗があったのも事実。しかし、今まではエリザベート以上に素質がある令嬢が現れなかったのだ。

「それに、余を前にしても物怖《ものお》じせず、『私を選べ』と目で訴えてきおった。誰かの熱意に心を揺さぶられたのは久しぶりのことだ。レオナルド。お前はあの娘をどう見る？」

「……彼女は皇妃になるために生まれてきたのだと思っています」

「ほう、お前がそこまで言うか」

しばらく話し合いが続いたあと、皇帝は両手を組み、言った。

「ではひとつ。――こういうのはどうだ？」

◇◇◇

ひと月後。ルシャンテ宮殿の最西の角部屋でウェスタレアは目覚めた。センスの良い白の調度品で統一されている。

侍女たちがカーテンを開けて陽の光を部屋に入れ、朝食の準備からウェスタレアの身支度まで迅速に進めてくれる。

朝食にパンと野菜のスープを食べていると、侍女の一人が封筒を差し出しながら言った。

「ウェスタレア様にお手紙が届いております」

「どなたから？」

「ルムゼア王国王太子、フィリックス・ネーゼロア様からです」

「そう。ありがとう。テーブルに置いておいて」

今日は食後に予定がある。早々に朝食を済ませてから、フィリックスの手紙をポケットにしまって部屋を出た。


広い庭園を歩き、約束したガゼボに向かう。朝露に濡《ぬ》れた薔薇《ばら》の花壇を抜けた先、石造りのガゼボにレオナルドがいた。まだ待ち合わせには早いが、ウェスタレアを待たせないようにひと足先に来ていたのだろう。

本を読んでいる彼の後ろに静かに近づき、ほんのいたずら心で、彼の目を両手で隠して囁く。

「誰でしょう?」

問いかけを聞き、ベンチに座った彼はこちらを振り返り、ガゼボの手すり越しにウェスタレアの腕をぐっと引いた。

「きゃっ、何……!?」

「その声は――俺の妃だな」

「…………」

うっとりと目を細めてそう答えたレオナルドは、もっと近くで顔を見せろと言わんばかりに距離を詰めてくる。ウェスタレアは無愛想に彼の額を人差し指でつんと押して突き放す。

そして、訂正した。

「――まだ候補よ！　候補！」

ウェスタレアはガゼボの中に入り、彼の隣にどすっと腰を下ろす。

結論から言えば、最終選考で皇妃が決定されることはなかった。その代わりに、ウェスタレアとエリザベートは皇帝が認めるたった二人の正式な皇妃候補になった。

あの日、皇族たちの話し合いの末に再び謁見の間に呼び出されたウェスタレアたちはこう告げられた。皇妃の決定は保留にし、半年後に再評価をする――と。結局ウェスタレアはエリザベートのライバルとして、もう半年争うことになった。これは前例のないことで、異例中の異例だった。

レイン公爵家は、当然エリザベートが選ばれると思っていたためオレンシア皇家に強く抗議し圧力をかけた。ウェスタレアのことを一方的に否定し、エリザベートのどこが不足なのかと激昂《げっこう》していたそうだ。だが、皇帝は固い意思で決定を覆さなかった。

（私の次の壁は――悪の貴族、レイン公爵家）

ウェスタレアは試されているのだ。皇妃にふさわしい人間だと証明してみせろ、と。国で随一の権力者の娘であるエリザベートを決定的に上回る何かを、より多くの人々に見せて納得させなければ、レイン公爵家は引き下がらないだろうから。この半年は、ウェスタレアがレイン公爵家とその勢力を黙らさせるための期間だと解釈している。彼らが認めていなければ、皇妃になっても邪魔され、自由な活動はさせてもらえないだろう。それこそ、かつてウェスタレアが前王妃の意向で離宮に幽閉されたように。

しかし彼らは、権力のために手段を選ばない『悪の貴族』とも囁かれている。

候補者期間の半年の間……彼らは果たして、何もせず傍観してくれるのだろうか。

憧れのルシャンテ宮殿に住んではいるものの、油断ならない状況だ。

「……その、あまり落ち込むな」

「どうして落ち込む必要があるの？　まだチャンスがあるのに。私の夢は終わっていないわ。それだけでありがたいことよ」

するとレオナルドは、釈然としない様子で言った。

「お前の騎士に、人知れず泣いていたと聞いた」

「ペイジュ……！」

何を勝手に主人の秘密をバラしてくれるのだ、と怒り任せにその場で立ち上がる。自信たっぷりだったウェスタレアの顔がかあっと赤くなる。

（ああもう。全然格好つかないじゃない）

あと少しで叶《かな》うというところで、また掴み損ねたのだ。半年も先延ばしにされてショックを受け、先の見えない未来に不安になるのは無理のないこと。部屋でひっそり落ち込むくらい許されてもいいではないか。

「そして、俺がお前に泣かせるような何かをしたんだと決めつけて掴みかかってきた」

「ペイジュ……」

彼女は、見た目がいい男だからという理由でレオナルドのことを毛嫌いしていたが、彼の正体が皇太子と分かっても、その姿勢は相変わらずだった。

（この件はあとでペイジュに問い詰める――として）

こほんと咳払いして、座り直す。

「落ち込んでいたのは少しの間だけよ。でももう前を向いてるから、ご心配なく！」

皇妃にふさわしい自分になるために、まだまだ成長していかなくてはならないということだろう。

この試練も機会と捉え、貪欲に、時に泥臭く足掻《あが》いていくつもりだ。

「そうか。ならいい」

心配そうに顔を覗《のぞ》き込んでくる彼から視線を逸らし、ポケットの中からフィリックスから届いた手紙を取り出した。朝は忙しくて読む時間がなかったが、もしかしたら急用かもしれないので、レオナルドに許可をもらって目を通す。

まずはお礼が書かれていた。詳しく言うと、ウェスタレアの潔白を証明するためにフィリックスが協力したことへの対価についてだ。

最終的には、ルムゼア王国とアルチティス皇国の和平を目指しているが、まだウェスタレアは皇妃にすらなれていない。しかし、流行病に効く薬草は、ウェスタレアがかつてルジェーン公爵令嬢として持っていた私財を全て投げ打って購入し、ルムゼア王国に支援した。家族に奪われないように、財産の預け場所を誰にも教えなかったのは幸いだった。

これで大勢の命が救われたと感謝が述べられている。

「私財を投じた慈善事業には感心だが、料理の腕は相変わらずらしい。またすごいものを作ってきたな。これはなんだ？」

「どこからどう見てもシフォンケーキよ」

テーブルの上に乗った黒々とした物体を見下ろして、レオナルドはため息を漏らした。相変わらず料理の腕前だけはさっぱりで、食材を炭に変えてしまうのだ。

「このシフォンケーキは随分と可哀想ななりをしているな。……おい待て。ま、まさか俺に食わせる気じゃ——んん⁉」

これも、昨晩レオナルドのために焼いたはいいものの、まぁとにかく可哀想な感じに仕上がってしまった。ウェスタレアの手でひと口強引に口に入れられたレオナルドは、案の定顔を青くさせて喉を押さえ、むせた。口を手で押さえながらいぶかしげに言う。

「……これは新手の毒兵器になるな」

毒兵器という言葉は聞かなかったことにし、ごほんとわざとらしく咳払いをして、フィリックスからの手紙に視線を落とす。手紙には彼の近況も書かれていた。彼の婚約者の最有力候補だったリリーが没落し、彼は新たな婚約者を探し始めているそうだ。

「……あの人が、幸せになれますように」

そっと頬を緩めて呟くと、レオナルドはその表情の変化に目ざとく気づいた。

「お前……フィリックスに気があるのか？」

「そういうんじゃないわよ。何疑ってるの」

「長い間婚約者だったんだ。何か特別な情が生まれてもおかしくはない。……ずっと、気になっていた」

レオナルドは険しい顔つきでどうなんだと迫ってくる。

「兄みたいな存在よ。あなたが気にするようなことは何もないから。ひょっとして――妬《や》いてるの？」

「当然だ。好きな人には自分だけを見ていてほしいものだからな。それに、お前にその気がなくても、向こうはどうか分からないだろう？」

「ふふ、まさか。私なんてずっと相手にされていなかったわ」

「お前は聡《さと》いのか鈍いのか馬鹿なのか分からないな」

むっとした表情で近づいてきて、壁際に追い詰められる。

「なっ⁉　馬鹿って何よ馬鹿って……！」

「言葉のままだ」

「……もう」

しかし、やきもちを焼く彼がなんだかいじらしくて小さく笑い、レオナルドの頬に手を添えて顔を近づけた。陶器のようなしなやかな頬を親指の腹で撫でながら問う。

「よく見て。私の目にはあなたしか映っていないでしょう？」

ウェスタレアの双眸《そうぼう》には、レオナルドの姿だけが映っている。すると彼はウェスタレアの指に自分の指を絡めて、更に近くへと引き寄せた。

「見えないな。――もっと近くで確かめさせろ」

「………」

深い森を吸い込んだような緑の瞳に射抜かれて、胸が甘やかに締め付けられる。

ウェスタレアが瞼を閉じたのと同時に、彼は自身の唇をこちらの唇に押し当てた。温かくて、優しい、肌とは違う粘膜の感触に、心臓の鼓動が早まる。

触れるだけの長い口付けをする二人。

ガゼボの柱の上には、藤の花が咲いており、ほのかな甘い香りが鼻先を掠《かす》めた。

長らくひとりぼっちで離宮に幽閉された上、陰謀により処刑された悪女ウェスタレア。

そんな彼女がどん底から這い上がり、人々から敬愛される——大陸一の皇国の皇妃になる。

これはまだ、彼女の夢の途中のお話。

あとがき

こんにちは、曽根原《そねはら》ツタと申します。

この度は『処刑《しょけい》された悪女《あくじょ》は、大国《たいこく》で皇妃《こうひ》の座《ざ》を摑《つか》む　～毒杯《どくはい》を飲《の》み干《ほ》したら、やり直《なお》しの物語《ものがたり》がはじまりました～』をお読みいただき、ありがとうございました。

とあるオーディション番組を見たのをきっかけに、女の子たちが皇妃の座を巡って争ったらどんな感じだろう、夢を摑もうとひたむきに頑張っているヒロインを書いてみたいな、と思いこのお話が生まれました。

ウェスタレアは悲惨な目に遭ってもなお、皇妃への憧れを胸に前へ進み続けました。

耐えがたきを耐え、忍びがたきを忍ばなければならない……そんなことが、私たちには時々ありますよね。でも、足掻《あが》いていたら、すくい上げてもらえる瞬間が来ると私は信じています。

彼女の物語が、どなたかの小さな勇気に繋《つな》がることがあればいいなと思います。

担当編集様、いつも迅速に対応していただき、ありがとうございました。

雲屋《くもや》ゆきお先生、とってもきらきらした美しいイラストを描いてくださりありがとうございます。ラフをいただく度に感動しておりました。本当に頭が下がる思いです。また、書籍化にあたりご尽力いただいた全ての方々に感謝を。最後に、貴重なお時間を使ってここまで読んでくださった読者の方々に、心から御礼申し上げます。手に取ってくださった方が、少しでも楽しんでいただけるようにと願っております。

引き続き二巻でもお目にかかれますように。

DRE NOVELS

処刑された悪女は、大国で皇妃の座を掴む

～毒杯を飲み干したあとに、やり直しの物語がはじまりました～

2024年6月10日　初版第一刷発行

著者　曽根原ツタ

発行者　宮崎誠司

発行所　株式会社ドリコム
〒141-6019　東京都品川区大崎2-1-1
TEL　050-3101-9968

発売元　株式会社星雲社（共同出版社・流通責任出版社）
〒112-0005　東京都文京区水道1-3-30
TEL　03-3868-3275

担当編集　藤原大樹

装丁　AFTERGLOW

印刷所　図書印刷株式会社

ISBN978-4-434-33976-9

人質姫が、消息を絶った。2
～黒狼の騎士は隣国の虐げられた姫を全力で愛します～

鰺御膳

［イラスト］中條由良

　無事結婚式を挙げたアークとニア。新たな領主としてストンゲイズ地方へ転居した二人は、シルヴァリオの工作員がここで悪事を働いているという噂を聞きつける。

「夫婦なのですから……支え合いませんと、ね？　……アーク様？」

（危ない、可愛さで死ぬところだった……）

　アークの武力とニアの知性で事件を解決しつつ、二人のラブラブ度も絶好調。ついにはシルヴァリオの王都攻略に踏み切り、ニアを虐げた黒幕と対峙することになるのだが……!?

　失踪から始まったすれ違いゼロのジレ甘ラブロマンス完結巻。

DRE NOVELS